fv Fehnland-Verlag

**Hemeyer, Karl: Sylter Weihnachtswellen. Eine Liebesgeschichte.
Hamburg, Fehnland Verlag 2021**

1. überarbeitete Neuauflage
ISBN: 978-3-96971-109-5

Dieses Buch ist auch als eBook erhältlich und kann über den Handel oder den
Verlag bezogen werden.
ePub-eBook: ISBN 978-3-86282-215-7

Lektorat: Berit Liedtke, acabus Verlag
Umschlaggestaltung: ds, acabus Verlag
Covermotiv: © Inga Nielsen - Fotolia.com; © ecco - Fotolia.com; © senoldo -
Fotolia.com; © Natalie - Fotolia.com; © Tanja Bagusat - Fotolia.com

Bibliografische Information der Deutschen Nationalbibliothek: Die Deutsche
Nationalbibliothek verzeichnet diese Publikation in der Deutschen Nationalbi-
bliografie; detaillierte bibliografische Daten sind im Internet über https://dnb.d-
nb.de abrufbar.

Der Fehnland Verlag ist ein Imprint der Bedey & Thoms Media GmbH,
Hermannstal 119k, 22119 Hamburg.

Karl Hemeyer

Sylter Weihnachtswellen

 Fehnland-Verlag

~

„Doch! Es ist richtig, was du tust." Belinda spricht sich selbst Mut zu. Sie nickt und schmunzelt sogar ein wenig. „Birgit hat recht! Lass dir über Weihnachten und Neujahr von der frischen, kalten Seeluft mal den Kopf wieder so richtig freipusten."

Sie holt ein Papiertaschentuch aus ihrer, neben ihr an einem Haken hängenden Jacke, schüttelt es auf und schnäuzt kräftig hinein. „Wenn dir schon kein anderer Mut macht, dann musst du es eben selber tun." Noch einmal tupft sie sich mit dem Papier über ihre Nase. Dann steckt sie das Taschentuch zurück in ihre lederne Handtasche und geht erneut in sich. „Ja, eigentlich ist es hart, was dir immer wieder passiert. Aber andere schaffen es auch, da durch zu kommen. Also schaffst du das auch." Belinda ist überrascht, denn sie selbst bemerkt einen gewissen Zweifel an ihren momentanen Gedankengängen. „Zweifel? Das war doch eigentlich nie dein Ding. Du hast doch nie etwas in Frage gestellt. Es war doch immer alles richtig. Zumindest hast du es immer so gesehen."

Sie grübelt weiter und denkt an früher. Wie im Zeitraffer läuft ihr Leben an ihr vorbei. Die Erinnerung an ihre eigentlich recht unbeschwerte Kindheit, welche nur durch die Hänseleien der Mitschüler wegen ihres Vornamens etwas getrübt wird. Das mit „sehr gut" bestandene Abitur sowie die Tatsache, dass sie danach – zum Amüsement ihrer Freundinnen – nicht studiert hatte. Stattdessen hatte sie eine Lehre als Schneiderin absolviert und war – gegen den Willen ihrer Eltern – zunächst nach Hamburg gezogen. Dort hatte sie eine Volontariatsstelle in einem Verlag angenommen und war anschließend in die USA gegangen.

„Es waren die Zähne, ja, die Zähne." Besonders die schönen, strahlend weißen Zähne der amerikanischen Männer, die sie ja eigentlich nur aus Filmen kannte, hatten es ihr damals angetan. Sie greift wieder in ihre Handtasche. Diesmal holt sie ein Kaugummi heraus, steckt es zwischen ihre ebenfalls strahlend weißen Zähne und lehnt sich mit einem tiefen Seufzer in ihren Sitz zurück. In Gedanken schwelgend schaut sie aus dem Zugfenster: Draußen rast die von Raureif überzogene Wiesenlandschaft vorbei, in ihrem Kopf dagegen ihr Leben in den USA.

Der erste Job bei dieser kleinen Provinz-Zeitung, die erste Begegnung mit ihrem amerikanischen Freund, der der Grund war, weshalb sie damals blieb und der letztendlich sogar ihr Ehemann wurde. „Gleich meinen Dritten habe ich geheiratet." Sie unterbricht kurz ihren gedanklichen Rückblick, um ihr Kaugummi zu entsorgen, dann kehrt sie zurück in ihre Vergangenheit. Sie erinnert sich an ihren, selbst aus heutiger Sicht noch unglaublichen, Sprung zu dem Modemagazin nach New York, dem nach einiger Zeit der sensationelle Aufstieg zur Chefredakteurin folgte. Kurze Zeit später die Geburt der Zwillingstöchter, die heute ihre eigenen Wege gehen und sich nicht, wie sie, für ein Leben in Deutschland entschieden haben, sondern nach einem überwiegend in Berlin verbrachten Probesommer in die USA zurückgeflogen sind. Dort gestalten beide ihr eigenes Leben, die eine als Studentin, die andere als Redakteurin im selben Verlag, in dem auch Belinda damals arbeitete.

„Dass das mit Kindern überhaupt geklappt hat", schmunzelt sie und denkt gleichzeitig an das jähe Ende ihrer Ehe. „Immerhin. Vierundzwanzig Jahre sind es geworden. Andere schaffen nicht mal eines oder zwei."

Da war sie wieder. Die Tatsache, dass sie immer alles so sah, wie sie es ihr am besten passte.

„Sei doch mal kritisch mit dir. Obwohl, was bringt das denn? Genau, nimm es, wie es ist." Sie nickt. „Es ist doch alles in Ordnung. Du bist gesund, deine Kinder sind glücklich und dein Mann?" Sie zuckt zusammen. „Er ist nicht mehr *dein* Mann. Merk dir das", sagt sie sich trotzig und macht sich von Neuem Mut. „Du musst jetzt, nein, du willst dein Leben jetzt alleine meistern, in deinem Land. Ist es überhaupt dein Land? Ja, es ist dein Land, hier bist du geboren, hier hast du zweiundzwanzig Jahre lang gelebt und nun bist du wieder hier und lernst es so kennen, wie es heute ist."

Belinda bemerkt, wie der Zug seine eben noch rasend schnelle Fahrt verlangsamt. Sie schaut wieder aus dem Fenster, immer mehr Häuser sind zu sehen; dann irgendwann, sowohl links als auch rechts der Bahnstrecke, nur noch Gebäude.

„Hamburg", schießt es ihr durch den Kopf. „Genau, wir kommen jetzt nach Hamburg. Eigentlich müsstest du aussteigen und wenigstens einmal um die Alster laufen. Wie früher auf den Klassenfahrten. Aber die Zeit ist nicht, der Zug fährt ja gleich weiter." Sie erhebt sich kurz von ihrem Platz, streicht sich über ihre Kleider und verfolgt aus dem Fenster schauend die Einfahrt des Zuges in den Hamburger Hauptbahnhof, wobei sie gleichzeitig das hektische Treiben um sich herum wahrnimmt.

Verwundert bemerkt sie, dass einige Reisende an ihrem Abteil vorbeigehen und in dieses hineinschauen. Da jedoch niemand zu ihr einsteigt, macht sie es sich in ihrem Erste-Klasse-Abteil erneut bequem und schließt genüsslich die Augen. Doch schon nach kurzer Zeit stoppt der Zug zu ihrer Überraschung abermals und sie schaut abwechselnd nach links und rechts aus den Fenstern. „Ach ja, Dammtor. Hatte ich ganz vergessen." Erneut richtet sie sich in ihrem Sessel auf und schaut durch die gläserne Abteiltür auf den Bahnsteig, wo dick vermummte Leute mit mehr oder weniger viel Gepäck umherirren. „Es muss richtig kalt sein in Hamburg", denkt sie beim Anblick der sichtbaren Atemluft der Menschen.

Plötzlich, der Zug rollt langsam wieder los, steht ein Mann vor der Abteiltür. Er öffnet sie und schiebt einen silbernen, ziemlich verbeulten Rollenkoffer zwischen die Abteilsitze. Mit überraschtem Blick schaut er zunächst zu Belinda, dann mustert er kurz die Reservierungsschilder, um anschließend erneut Belinda anzusehen.

„Oh, ich glaube, ich sitze auf Ihrem Platz, oder?", äußert sich Belinda, die sofort bemerkt hat, dass dem Mann etwas aufgefallen ist, was er so nicht erwartet hat. Sie beobachtet ihn weiterhin und sieht zu, wie er zuerst seinen ebenfalls matt silbernen und auch mit einigen Dellen und Schrammen versehenen Aktenkoffer auf den Platz neben ihr legt, den Rollenkoffer in die Gepäckablage wuchtet und sie schließlich, seinen dicken Winterparka ablegend, lächelnd ansieht. „Schon lange?", hört sie ihn mit deutlich zu verstehendem Hamburger Dialekt fragen.

Belinda ist irritiert. „Wie? Wie meinen Sie? Schon lange?", entgegnet sie.

Der Mann hockt sich auf den mittleren Abteilsitz schräg gegenüber von Belinda und schaut sie an. Dabei reibt er seine offensichtlich kalt gewordenen Hände, um sie zu erwärmen, und wiederholt mit listigem Blick seine Frage: „Na, seit wann sitzen Sie da denn schon?"

„Ja, eh, seit ich eingestiegen bin", antwortet Belinda und signalisiert ihm mit der Art, wie sie antwortet, dass sie seine Frage nicht so richtig versteht.

„Jo", sagt der Mann mehr zu sich selbst und atmet tief durch. Dann nickt er mehrfach, denn eigentlich hatte er erwartet, dass sie ihm sagt, wo sie eingestiegen ist. Also hakt er, Wort für Wort besonders freundlich betonend, nach: „Und wo, wenn ich das fragen darf, sind Sie eingestiegen?"

„In Berlin", antwortet Belinda, als wäre das selbstverständlich. Der Mann atmet erneut tief durch, wirft einen kurzen Blick auf seine Armbanduhr und sagt dann, weiterhin listig schmunzelnd: „Jo. Na, dann haben Sie sich ja schon an den Platz gewöhnt. Dann bleiben Sie da mal sitzen."

Belinda entgegnet: „Ja, aber Sie können gern ..." und will eigentlich auch weiterreden, aber der Mann unterbricht sie und schaut sie zwar sehr intensiv, aber auch weiterhin freundlich an. „Was kann ich gern?"

„Ja, ich meine, eh, wenn Sie diesen Platz reserviert haben, dann, eh ...", versucht sie nun irgendwie die Antwort zu geben, dass sie durchaus bereit ist, ihm seinen reservierten Sitzplatz zu überlassen.

Doch wieder fällt ihr der Mann ins Wort: „Jetzt sitzen Sie da und nun bleiben Sie da sitzen!" Dann erhebt er sich aus seinem Sessel, zieht sein Tweedsakko aus, hängt es über seinen Winterparka und verneigt sich ganz leicht. „Übrigens, ich bin Ulf, Ulf Bernsen. Aus Hamburg." Noch einmal verneigt er sich und setzt sich dann wieder. „Entschuldigung übrigens."

„Wofür die Entschuldigung?", fragt Belinda überrascht.

„Ich bin Ihnen eben zweimal ins Wort gefallen. Das tut mir leid. Ist 'ne schlechte Angewohnheit von mir. Soll nicht wieder vorkommen."

Belinda schaut ihn an. Sie freut sich über die sich anbahnende Unterhaltung. Überhaupt ist sie, wie sie findet, ein sehr kommunikativer Typ, der sich gern unterhält, auch wenn ihr gerade wieder einfällt, dass Unterhaltung für sie bedeutet, dass ihre Gesprächspartner das zu tun haben, was sie will. Doch dann denkt sie daran, dass sie diese Eigenschaft ja eigentlich hinter sich lassen wollte. Sie streckt ihm ihre Hand entgegen: „Belinda, Belinda Priest. Aus New ... aus Berlin." Ulf erhebt sich kurz, schüttelt ihr die Hand, setzt sich wieder und schaut sie an.

„Ja, ich war sehr lange in den USA, zuletzt in New York. Aber jetzt bin ich schon seit dem Frühjahr in Berlin", erklärt sie wieder mit dieser Selbstverständlichkeit, als würde es die ganze Welt interessieren. Ulf hört ihr zu, gibt dann mit fast knurrend klingender Stimme ein sehr trockenes „Es gibt Schlimmeres", von sich.

„Ja, aber es hat sich doch sehr viel verändert", entgegnet Belinda und beobachtet Ulf, der nun die Beine übereinander schlägt, seine Arme verschränkt, um sich dann mit der rechten Hand über seinen winterlichen Stoppelbart zu reiben. „Jo. Wie im richtigen Leben", bemerkt er emotionslos, sodass sie nachfragt: „Wie meinen Sie das?"

Ulf lächelt. „Ist doch so im Leben. Wäre doch schade wenn immer alles gleich bleiben würde. Und da eben nicht immer alles gleich bleibt, sprechen wir von Veränderungen. Und Veränderungen bestimmen nun mal das Leben. Das heißt, wie man damit klarkommt. Also, ich mag das, ich mag Veränderungen. Die meisten jedenfalls."

„Mhmh, mhmh", erwidert Belinda und schaut Ulf nachdenklich an. Sie mustert ihn regelrecht, guckt dabei von unten nach oben, auf seine edlen, wahrscheinlich handgearbeiteten Schuhe, seine Cordhose, die Tweedweste, sein Hemd, den umgelegten Schal, die Bartstoppeln und schließlich auf die etwas längeren, stellenweise grau werdenden Haare.

Er trägt eine gute Uhr, aber keinen Ring, registriert sie und beugt sich in ihrem Sitz etwas nach vorn, was Ulf ein neues Blickfeld eröffnet, denn an ihrer Bluse hat sich, von ihr allerdings unbemerkt, einer der obersten Knöpfe geöffnet. Ulf sagt jedoch nichts, er öffnet seinen Aktenkoffer, holt eine Zeitschrift heraus und beginnt, darin zu blättern. Gleichzeitig schaut er allerdings auch immer wieder zu Belinda, die das ebenfalls bemerkt, sich wieder in ihren Sessel zurücklehnt und ihn direkt ansieht.

„Möchten Sie doch lieber hier sitzen?", erkundigt sie sich.

Ulf lächelt sie an. „Nein, nein, nein. Es ist alles in Ordnung so. Ich will nur ab und zu den Ausblick genießen."

Belinda zeigt auf den ihr gegenüber liegenden Sitz. „Sie können sich auch gern dorthin setzen. Dann haben Sie eine bessere Sicht", sagt sie und weist mit der Hand in Richtung Fenster.

„Nein, da würde mir was fehlen", entgegnet Ulf, woraufhin Belinda interessiert fragt: „... und was?"

Ulf lächelt und legt den Zeigefinger an die Lippen. Belinda schüttelt kaum merklich den Kopf und schaut dann aus dem Fenster, während Ulf ein Handy aus seinem Sakko fummelt. „Stört es Sie, wenn ich mal telefoniere?", wendet er sich erneut an sie.

Belinda zeigt nur kurz mit der geöffneten Handfläche auf ihn, schaut dabei weiterhin aus dem Fenster und hört Ulfs Telefongespräch mit an. „Peter? Hier ist Ulf. Ab wann seid ihr da?"

„Und wer noch?"

„Jo, am Zweiten zum Doppelkopf."

„Alles klar. Ich freu mich. Hau rein, bis denn. Und grüß schön."

„Danke. Jo, werde ich tun. Tschüss."

Ulf nickt, er lächelt und steckt sein Handy weg. „Schöne Grüße!", sagt er. Belinda schaut ihn überrascht an. „Wie? An mich? Von wem denn?"

„Von Peter", antwortet er lächelnd. „Welchem Peter? Ich kenne keinen Peter. Oder zumindest keinen, den Sie kennen", stellt sie fest und fügt ein „Glaube ich jedenfalls" hinzu.

„Mein Freund Peter hat gesagt, ich soll schön grüßen. Und wenn er das sagt, dann tue ich das. Und da hier sonst niemand ist, den ich grüßen kann, grüße ich Sie", erklärt Ulf.

Belinda lächelt, sie schüttelt erneut leicht den Kopf und sieht wieder aus dem Fenster. Dann nimmt sie den Kopf zurück und schaut zu Ulf. „Also, Sie sind einer ..."

„Ein was denn?", fragt der mit listiger Miene. Belinda zögert. „Ach. Nichts."

Ulf blättert wieder in seiner Zeitschrift, einem Lifestylemagazin. Belinda sieht zu dem lesenden Ulf. Sie spürt ihre Neugierde und gleichzeitig merkt sie, dass sie ihm gern so einiges erzählen würde. Zum Beispiel, dass der Zug gerade durch die Gegend fährt, in der sie aufgewachsen ist oder auch, dass ihre Eltern hier begraben sind. Ob er diese Strecke öfter fährt, würde sie ebenfalls gern wissen. Aber sie sagt nichts. Weitere Fragen und Gedanken schießen ihr durch den Kopf. Sie schüttelt ihn kaum merklich. Dann schaut sie erneut aus dem Fenster und ihr wird klar, dass sie nicht mehr die selbstgefällige und beinahe egozentrische Belinda ist, die sie in New York war. Deutschland hat sie tatsächlich zum Guten, wie sie findet, verändert.

Ulf legt das Lifestylemagazin zur Seite, klappt seinen Aktenkoffer auf und holt eine neue Zeitschrift heraus. Belinda beobachtet ihn aus den Augenwinkeln und auch Ulf schaut immer wieder zu ihr herüber, bis sich ihre Blicke schließlich treffen.

„Sie lesen eine Frauenzeitschrift?", registriert Belinda mit einem Blick auf die Gazette. „Na, ich muss doch wissen, was in der Welt so los ist", erklärt Ulf mit einem leichten Schulterzucken. „Ach. Und das steht in der Zeitschrift, ja?", fragt Belinda. Ulf öffnet den Aktenkoffer. Darin liegen jede Menge Zeitschriften. „Also, wenn Sie möchten. Ist bestimmt auch was für Sie dabei", bietet er Belinda an, sich zu bedienen. Doch die blockt ab: „Im Moment nicht, danke. Ich lese immer nur, wenn ich alleine bin."

Ulf zieht die Augenbrauen hoch. „Oh, heißt das jetzt, dass ich unhöflich bin, weil ich in Ihrer Anwesenheit in der Zeitschrift blättere?"

„Nein, nein, um Gottes Willen. So habe ich das nicht gemeint", entgegnet Belinda, doch Ulf legt seine Zeitschriften in den Aktenkoffer und verschließt ihn. „Muss ja auch nicht sein. Ich will ja Urlaub machen."

Jetzt hebt auch Belinda ihre Augenbrauen. „Ist denn Lesen Arbeit für Sie?"

Ulf zuckt abermals mit den Schultern. „Kommt drauf an, was man unter Arbeit versteht."

Belinda fragt direkt nach: „Und was machen Sie, wenn ich fragen darf?"

Aus Ulf sprudelt es: „Ich arbeite in einer Agentur, wir machen Werbung, Public Relations, Texte, Artikel, Berichte, Bücher, Internet, Social Media und so weiter und sofort."

„Ach, interessant", bemerkt Belinda und vernimmt Ulfs Frage: „Und Sie?"

Belinda schmunzelt. „Eigentlich gar nichts. Das heißt, das ist auch nicht richtig. Ich habe gerade wieder angefangen, für einen Verlag zu arbeiten. Ich schreibe ein wenig, hauptsächlich aber mache ich Redaktions-Consulting. Aber wollten Sie nicht Urlaub machen?"

Ulf muss lachen. „Genau. Aber was kann einem im Urlaub eigentlich Besseres passieren als eine nette Unterhaltung? Ich besorge uns jetzt mal einen Kaffee und dann unterhalten Sie mich ein bisschen. Einverstanden?"

Ohne eine Antwort abzuwarten, springt er auf, geht in den Speisewagen und fragt zunächst, warum denn heute kein Service am Platz stattfinde. „Die Kollegin ist krank!", antwortet der Mitarbeiter. „Aber wenn Sie möchten, bringe ich Ihnen den Kaffee in die Erste Klasse."

„Nicht nötig", sagt Ulf. „Bin ja gekommen, um ihn selbst zu holen. Bewegung tut gut." Er hält das kleine Papptablett, auf das der Mitarbeiter die Becher mit dem heißen Kaffee, Milch und Zucker stellt und noch zwei kleine eingepackte Kekse dazu legt. „Für Ihre besonderen Bemühungen. Die Kekse sind ein Geschenk, für den Kaffee kriege ich bitte fünf Euro."

Ulf bezahlt, gibt etwas Trinkgeld und geht dann mit dem Tablett zurück in das Abteil. Er serviert den Kaffee und lauscht, genüsslich seinen Kaffee schlürfend, Belindas Ausführungen, da die ihm nun sehr ausführlich aus ihrem gesamten Leben erzählt: Dass sie in den USA als Chefredakteurin und später als Herausgeberin eines Modemagazins gearbeitet habe, vierundzwanzig Jahre verheiratet war und zwei neunzehnjährige Töchter habe, die in den USA leben. Dass sie sich außerdem gleich nach der Scheidung und ihrem Ausstieg aus dem New Yorker Verlag vor einem Jahr dazu entschlossen habe, zukünftig in Berlin zu leben, „weil die Stadt, auch hinsichtlich der Mode, so richtig abgeht", wie sie es ausdrückt.

„Und Sie?", fragt Belinda, nippt an ihrem Kaffee und stellt fest, dass der in der Zeit ihrer gesamten Ausführungen ziemlich abgekühlt ist und nicht mehr schmeckt. Ulf hat seinen Becher in der Zwischenzeit geleert, bringt das Tablett in den Speisewagen und kommt zurück in das Abteil. „Ich werde auch ausführlich berichten", sagt er und fügt bedauernd hinzu: „Aber dafür ist jetzt keine Zeit mehr. Wir sind in wenigen Minuten in Westerland. Da treffen wir uns mal. Wo wohnen Sie denn?", erkundigt er sich, während er zu seinem Sakko greift.

„Ich habe in Westerland eine Ferienwohnung gemietet. Weiß aber nicht so genau, wo das ist", bekennt Belinda und beginnt genau wie Ulf, sich anzukleiden. Dabei bemerkt sie den zu weit geöffneten Knopf an ihrer Bluse. Sie schließt ihn und wirft Ulf dabei einen prüfenden Blick zu. Der verzieht jedoch keine Miene und legt seinen Winterparka an, um anschließend Belinda in ihre Daunenjacke zu helfen.

„Ich bin auch in Westerland, da sieht man sich bestimmt. Da brauchen wir gar nichts auszumachen", erklärt Ulf und holt sowohl Belindas als auch seinen Koffer aus der Ablage. „Bei Gosch oder bei Blum, am Strand oder in der Muschel, wo auch immer. Hier kann man sich gar nicht verfehlen", brüllt er geradezu, um sich stimmlich gegen die Lautsprecherdurchsage, welche die Zugankunft verkündet, durchzusetzen.

„Wie lange bleiben Sie?", fragt Belinda. „Bis zum Sechsten", antwortet Ulf und schleppt die beiden Rollenkoffer aus dem Zug, während Belinda ihre Handtasche und seinen Aktenkoffer trägt. Dann tauschen sie vor dem Zug ihre Gepäckstücke und verabschieden sich.

„Sie sind 'ne tolle Frau. Ich mag Sie. Bis dann", sagt Ulf und setzt sich, nach einem längeren Blick zum dunkelgrauen Himmel, eine aus dem Parka geangelte Schirmmütze auf den Kopf. Dann legt er als Abschiedsgruß die Finger an die Mütze, schnappt sein Gepäck und geht Richtung Bahnhofsausgang davon. Belinda, die schon lange keine so netten Worte mehr gehört hat, bemerkt, wie sie von einer Welle der Freude überschwemmt wird. Sie nickt Ulf zu und möchte eigentlich auch noch etwas sagen, aber sie schnäuzt sich erstmal die wegen der Kälte nun wieder zu laufen beginnende Nase, steckt ihr Taschentuch weg und schaut Ulf hinterher. Dann geht sie, ihren Koffer ziehend, durch den Bahnhof und blickt auf dem Vorplatz noch einmal umher, aber Ulf ist nirgends mehr zu sehen. Daher greift sie nun in ihre Handtasche und holt den Zettel mit den Daten ihrer Ferienwohnung heraus. Anschließend geht sie die wenigen hundert Meter zu dem von ihr gebuchten Appartement in die Boysenstraße, übernimmt die Schlüssel und begutachtet die Einrichtung der Wohnung. Die ist überwiegend in Blau und Weiß gehalten und besteht aus einem Wohnzimmer mit Küche, einem separaten Schlafraum sowie einem Bad samt Badewanne. Gleich nachdem sie ihren Koffer ausgepackt hat, ruft sie ihre Schulfreundin Birgit an: „Bist ja schon da, dachte du kommst erst heute Abend an", wundert sich Birgit und entscheidet: „Gut, dann komme ich gleich mal vorbei, wir gehen einkaufen und heute Abend können wir dann ja auch noch richtig was unternehmen."

„Ja, ist gut, bis gleich", antwortet Belinda und blättert, während sie auf Birgit wartet, die im Wohnzimmer ausliegenden Prospekte und Broschüren durch.

Ulf gönnt sich derweil, bevor er in seinem Hotel eincheckt, sein erstes Fischbrötchen und trinkt dazu ein Bier. Dann bezieht er in seinem Hotel am Ende der Friedrichstraße, in dem er immer absteigt, wenn er auf der Insel ist, seine Suite. Anschließend macht er sich auf den Weg in den Wellnessbereich des Hotels, um dort ausgiebig zu saunieren und sich im Anschluss sein Abendbrot aufs Zimmer bringen zu lassen, wo er dann irgendwann vor dem laufenden Fernseher einschläft.

Belinda hat inzwischen, begleitet von Birgit, einen Großeinkauf absolviert, denn immerhin sind es fast drei Wochen, die sie auf der Insel bleiben will. Neben den von Birgit als „Grundnahrungsmittel" bezeichneten Lebensmitteln wie Brot, Butter, Olivenöl, Aufschnitt, Tee und Kaffee, Honig, Milch und Zucker hat Birgit mit dem Kommentar: „Man will doch abends auch mal ein Schlückchen Wein oder auch mal einen Schnaps trinken ...", vor allem auch dafür gesorgt, dass in Belindas Appartement ausreichend Getränke vorhanden sind. „Wenn du das nicht schaffst, nehme ich den Rest, wenn du wieder abreist", beruhigt sie die auf die drei Kartons mit Wein schauende Belinda, die beobachtet, wie Birgit den Champagner in den Kühlschrank stellt. „Wichtig ist, ihn vor dem Öffnen immer erst noch mal für 'ne halbe Stunde in den Tiefkühler zu stellen. Schampus muss eiskalt sein, wenn man ihn trinkt", erläutert sie.

Belinda ist wegen der sicherlich gut gemeinten Ratschläge etwas genervt. „Ja Birgit! Danke für den Tipp. Aber ich weiß zur Genüge, wie man Champagner trinkt. Mein Job führt mich seit vielen Jahren regelmäßig nach Frankreich. Das heißt, jetzt nicht mehr", verbessert sich Belinda, während Birgit einfach weitermacht. „So fertig. Ich lade dich bei mir zum Essen ein und dann musst du einfach nur erzählen. Schließlich ist es dreißig Jahre her, dass wir uns zuletzt gesehen haben. Und geschrieben hast du ja auch nicht so oft", befindet Birgit nach Beendigung ihrer Aktion und greift zu ihrem Mantel.

„Sag mal, wenn ich mir das erlauben darf, früher in der Schule warst du aber nicht so entscheidungsfreudig wie heute", bemerkt Belinda. Birgit winkt ab. „Das lernt man alles im Laufe einer Ehe. Und wenn dann alles endlich irgendwie in trockenen Tüchern ist, dann merkt man, dass es aus ist. War bei mir jedenfalls so."

„Das kenne ich, Birgit", antwortet Belinda. „Aber, jetzt etwas Anderes. Wenn wir zu Hause essen wollen, können wir auch hier bleiben … Aber nein, wir gehen essen, ich lade dich ein", entscheidet Belinda und geht mit Birgit in die Strandstraße, um im Culinarium gemütlich und mit Genuss zu speisen. Später atmen beide neben der Musikmuschel noch einmal die frische Seeluft ein, ehe sich Belinda von Birgit verabschiedet, um müde, aber irgendwie auch sehr zufrieden, in ihrem Appartement ins Bett zu gehen.

Am nächsten Morgen sitzt Ulf im Frühstücksraum seines Hotels und schaut auf die tobende Nordsee. „Das wird ein herrlicher Tag heute", freut sich die junge Kellnerin mit unverwechselbarer Hamburger Mundart und serviert Ulf seinen Tee. Der nickt ihr, Kandis in seinen Tee gebend, zu. „Danke. Ja, das ist doch mal 'n ganz annern Schnack, so 'n strahlender Sonnenschein. Nicht immer nur dieses dunkle Grau. Wenn jetzt noch Schnee dazukommen würde, wäre das ja gar nicht auszuhalten."

„Weiße Weihnachten auf Sylt!", bemerkt die Kellnerin und fügt hinzu: „Jo, das wäre doch mal was. Guten Appetit, Herr Bernsen." Ulf schaut ihr nach, während er gleichzeitig in seinem Tee rührt. „Also, das muss man sagen, die sind echt auf Zack hier."

Belinda hat sich in ihrem Appartement ein Frühstück vorbereitet und entscheidet dann, sich frische Brötchen und eine Zeitung zu holen. Sie verlässt das Haus und freut sich über das tolle Wetter. „Brr, ist das kalt hier. Aber, die Luft, ein absoluter Traum", sagt sie zu sich selbst, besorgt ihre Sachen und frühstückt ausgiebig. Anschließend bummelt sie durch die Stadt, schaut in viele Läden hinein und trinkt mittags einen heißen Tee zu einem Kartoffelpuffer mit Lachs.

Auch Ulf hat sich nach dem Frühstück warm eingepackt und ist zu Fuß nach Kampen gelaufen, um von seinem Freund Christian, der von allen nur „Chrischan" genannt wird, ein Auto zu leihen. Chrischan, ein erfolgreicher Schifffahrtskaufmann aus Hamburg, dessen von der Insel stammende Familie den von der Großmutter geerbten Bauernhof zu einem prächtigen Anwesen ausgebaut hat, begrüßt Ulf in seinem Wohnhaus, das von der Küchen-Terrasse aus einen herrlichen Blick auf das silbern spiegelnde Wattenmeer bietet: „Ich hab wenig Zeit, Jung! Ich muss Vadder vom Bahnhof holen. Der kommt gleich an und bringt die Göörn mit. Dann ist hier Halligalli, das sag ich dir." Chrischan geleitet Ulf durch das Haus über den gepflasterten Hof in die Garage und gibt ihm einen Autoschlüssel.

„Hier. Nimm mal den hier, den brauchen wir, wenn alle hier sind, sowieso nicht", sagt er und streicht über einen dunkelgrünen Bentley Continental GT. Auf Ulfs überraschten Blick hin erklärt er listig lächelnd: „Ich fahre doch die ganze Zeit mit dem Van und Vadder hat ja seinen alten Aston DB 5 hier stehen. Dann macht er wieder auf James Bond und tuckert über die Insel. Rauf nach List, da gibt's denn 'n Fischbrot und statt 'nem Martini rührt er sich 'n Alsterwasser. Dann fährt er wieder zurück, daddelt durch Kampen, trifft irgendwelche Leute und sitzt dann abends entweder hier oder im Dorfkrug bei seinen alten Kumpels und verringert die Rotwein-Bestände."

„Gut so, der macht das richtig. Der versteht es, zu leben", kommentiert Ulf und bedankt sich: „Wir sehen uns am Zweiten, Chrischan. Tschüss, mien Jung und vielen Dank." Dann lenkt er den Bentley rückwärts aus der Garage und fährt zum Flughafen.

Er schaut kurz auf seine Armbanduhr und ermahnt sich selbst zur Eile. „Oh, wenn die pünktlich sind, landen die gerade." Am Flughafen parkt er den Wagen und geht in die kleine Ankunftshalle, wo ihm die Informationstafel signalisiert, dass die Maschine aus Düsseldorf bereits gelandet ist. Er schiebt seine Mütze aus der Stirn, öffnet seinen dicken Winterparka und schreitet mit tief in den Hosentaschen versenkten Händen auf und ab. Schließlich reißt ihn die Stimme einer jungen Frau aus seinen Gedanken, die sich noch um die gestrige Zugfahrt drehen. „Lass dich drücken, mein Alter. Ich habe dich so lange nicht gesehen."

„Bin ich denn so gealtert, dass du mich jetzt schon wie einen alten Mann ansprichst?" Ulf erwidert die Begrüßung der jungen Frau und nimmt sie ganz fest in seine Arme.

„Na, auch an dir geht die Zeit nicht spurlos vorbei", hört er und spürt, wie ihm jemand die Mütze vom Kopf nimmt, um mit fester weiblicher Stimme einen frotzelnden Kommentar zu seinem lichter werdenden Haupthaar abzugeben. „Na ja. Das geht aber ja noch."

Die Frau setzt ihm die Mütze wieder auf. „Also ehrlich, andere wären froh, wenn sie in meinem Alter noch so aussehen würden", entgegnet Ulf, ebenfalls frotzelnd, und drückt die Frau. „Donna, mein Mädchen. Schön dich zu sehen. Schön, euch zu sehen", fährt er mit Blick auf die junge Frau fort und greift nach den beiden Rollenkoffern der Damen. Die jüngere Frau schlägt ihm zum Spaß auf die Hand, hakt sich bei ihm ein und nimmt ihren Koffer. „Das geht schon."

„Genau!", sagt Donna, greift ebenfalls nach ihrem Koffer und hakt sich auf der anderen Seite bei ihm ein. So gehen sie los. Ulf in der Mitte, flankiert von seinen Damen, die ihre Koffer ziehen. „Und? Machen wir mal wieder auf richtige Familie?", fragt die junge Frau. Ulf lacht. „Amy, Mäuschen. Wir machen nicht. Wir sind eine richtige Familie, oder?"

Die drei marschieren fröhlich lachend zum Parkplatz, wo Ulf das Gepäck im Kofferraum des Bentleys verstaut. „Sag mal, mein Alter. Ist jetzt der totale Wohlstand ausgebrochen, oder was?", erkundigt sich Amy mit erstauntem Blick auf das Auto und fügt hinzu: „Und ich wohne immer noch bei Mama. Da müssen wir aber mal reden, glaube ich." Sofort nach ihrer Aussage wird sie von Donna mit einem erbost klingenden „Amy!" zurechtgewiesen.

Ulf geht auf die Äußerungen seiner Begleiterinnen nicht weiter ein. „Also, heute Abend gehen wir bei uns im Hotel schön was essen. Habe ich schon bestellt. Morgen Mittag kommt Helen. Sie bleibt allerdings nur bis zum Tag nach Weihnachten. Habe gestern die SMS bekommen."

„Wie, nur drei Tage?", äußert Amy ihre Enttäuschung. „Ja, Amy, nur drei Tage. Aber immerhin, diese drei Tage haben wir. Du weißt, dass Helen über Silvester Theater spielt. Die haben am Dreißigsten Premiere. Sie hat nun mal wenig Zeit", entgegnet Donna und hofft, während sie auf die hintere Bank des Autos krabbelt, bei ihrer Tochter auf Verständnis zu stoßen.

„Ja, ich weiß ja, dass sie immer wenig Zeit hat. Aber einen Tag will ich ganz mit ihr alleine sein. Da dürft ihr nicht böse sein", fordert Amy und steigt auf den Beifahrersitz.

Ulf startet den Wagen und mischt sich ein: „Das geht dann am besten am zweiten Feiertag. Da habe ich sowieso meine Männerrunde."

„Ich will aber einen Tag nur mit Helen verbringen. Wir beide ganz alleine", unterstreicht Amy noch einmal ihre Forderung. Die Blicke von Donna und Ulf treffen sich im Rückspiegel. Ulf entscheidet und wirft einen weiteren, bei Donna um Verständnis bittenden, Blick in den Rückspiegel. „Gut, wie du willst. Also, jetzt die Fakten. Morgen feiern wir alle vier zusammen. Dann verbringst du eben den ersten Feiertag allein mit Helen und ich gehe mit Donna zu Müller. Mal sehen, ob der seine Sterne noch zu recht hat." Er schaut erneut in den Rückspiegel.

Donna freut sich. „Oh ja, ganz toll. Da freue ich mich sehr. Ich gehe mit niemandem so gern schlemmen wie mit dir." Und fügt vielsagend schmunzelnd ein besonders betontes „Du Genießer!" hinzu.

Auch Amy ist einverstanden. „Ja, ja, geht ihr nur schlemmen. Helen und mir reicht ein großes Stück Kuchen und abends ʼn Burger."

Ulf nickt und entscheidet weiter: „Den zweiten Feiertag habt ihr dann ganz für euch Frauen. Da könnt ihr machen, was ihr wollt. Da bin ich gleich nach dem Frühstück verschwunden."

„Ja, ja. Und dann zum Frühschoppen und den ganzen Tag Karten kloppen. Und abends liegst du dann um sieben im Bett", erinnert sich Amy lachend an die vergangenen Weihnachtsfeste. Auch Ulf lacht und klopft ihr, da mit der linken Hand lenkend, mit seiner Rechten auf die Schulter. „Und bin am nächsten Morgen der Erste, der wieder auf ist."

Er steuert, so als hätte er nie ein anderes Auto gefahren, den Bentley bis direkt vor das Hotel, wo die Damen aussteigen und der Hoteldiener das Gepäck aus dem Auto nimmt. Während Ulf den Wagen einparkt, trägt der Hoteldiener das Gepäck in das Zimmer.

„Eigentlich hätte ich ja lieber ein Zimmer nur für mich allein gehabt", nörgelt Amy beim Rundgang durch die Suite. „Ach Amy. Das hast du doch. Jeder hat doch sein Reich. Und trotzdem sind wir alle zusammen."

„Aber das Bad muss ich teilen", äußert sie weiter ihren Unmut, worauf Donna ihr klar macht: „Das musst du zu Hause auch. Für die paar Tage wirst du das wohl aushalten."

Amy verschwindet im Bad. Donna geht zu dem zwischenzeitlich hereingekommenen Ulf, umarmt ihn und drückt sich ganz fest an ihn. „Ich freu mich so", sagt sie und gibt ihm einen dicken Schmatz auf den Mund. Amy kommt in einen flauschigen Frotteemantel gehüllt aus dem Badezimmer. „Ich geh schwimmen. Und in die Sauna", verkündet sie, dreht sich tanzend einmal um die eigene

Achse und sieht zu Ulf. „Mal sehen, ob es auch ein paar *junge* Männer auf der Insel gibt."

„Raus hier, du Störenfried", entgegnet Ulf und deutet mit seinem Bein einen Tritt in den Hintern der davon springenden und dann die Suite verlassenden Amy an.

Ulf schaut zu Donna. „Kaffee, Tee?" Die nickt und Ulf nimmt sie in den Arm. „Komm." Sie verlassen eng umschlungen das Zimmer und setzen sich in die Hotelbar, wo sie sich mit Kaffee und Kuchen verwöhnen lassen.

Belinda sitzt an der Theke eines Cafés und ist etwas überrascht, denn Birgit hat angerufen und ihr mitgeteilt, dass sie nun doch nicht, wie eigentlich abgesprochen, die Feiertage über auf Sylt sein werde, sondern bis zum Neujahrstag zu ihrer Tochter nach Hamburg reise. „Tja, dann bist du wohl allein hier auf der Insel", begreift Belinda. Sie bestellt sich zu ihrem Kaffee einen Schlehenbrand und trinkt ihn mit einem Schluck aus. Dann zahlt sie ihre Rechnung, verlässt das Café und bummelt wieder durch die nun langsam im weihnachtlichen Lichterglanz erstrahlenden Straßen, geht dann zum Bahnhof und informiert sich über die Abfahrtszeiten von Zügen nach Berlin. „Aber da hängst du auch alleine rum", sagt sie sich, geht dann in ihr Appartement und ruft nacheinander ihre Töchter an.

Donna und Ulf kommen nach ihrem Kaffeetrinken gut gelaunt in die Suite zurück, in der sie als erstes das Licht einschalten. Auf dem Sofa im Wohnzimmer liegt Amy und wird durch das plötzliche, helle Licht geweckt. „Hey, was soll der Scheiß?", äußert sie ihren Unmut.

Ulf setzt sich zu ihr auf das Sofa. „Na, na, na. Spricht so eine Dame?" Auch Donna setzt sich zu Amy. „Komm Schatz, jetzt mach dich frisch. In einer Stunde gehen wir essen."

„Ich bin frisch, ich war schwimmen und in der Sauna", antwortet Amy, sich die Augen reibend und schlurft in ihren viel zu großen Hotelhausschuhen davon, während Donna zu Ulf sieht und erklärt: „Ist 'n schwieriges Alter. Neunzehn."

„Hat sie 'nen Freund?", fragt Ulf. „Mal so, mal so. Ich blick da nicht so genau durch. Mal ist einer angesagt, dann wieder nicht. Als nächstes schwärmt sie dann für einen Fußballer oder Schauspieler. Ich glaube, sie ist einfach noch nicht so weit", analysiert Donna die momentane Liebessituation von Amy.

„Und bei dir?", will Ulf wissen. „Nichts Neues, alles beim Alten", antwortet Donna, gibt Ulf einen Kuss und verschwindet in ihrem Schlafzimmer.

Belinda hat sich nach den Telefonaten mit ihren Töchtern etwas hingelegt, dann frisch gemacht und sich über ihren dicken Pullover noch eine warme Strickjacke gezogen. Anschließend hat sie die Daunenjacke und die dicke Strickmütze angelegt und ist in die Stadt gegangen. Jetzt steht sie bei Gosch, unterhält sich mit einigen Leuten, trinkt Weißwein und isst schon ihre dritte Fischsuppe. „Da hätten Sie ja gleich eine ganze Terrine ordern können", bemerkt ein Mann mit deutlich schwäbischem Dialekt. „Nein, so nach und nach ist's besser. Die ist dann wenigstens immer noch richtig heiß", begründet Belinda ihre Entscheidung und fragt in die Runde: „Trinken Sie noch einen Wein mit mir?" Der Schwabe schaut zu seiner Frau. Als die nickt, nickt auch er und Belinda bestellt eine Flasche Weißwein. Dann erfährt sie von den Schwaben, dass die jedes Jahr sowohl ihren Sommerurlaub als auch die Tage über Weihnachten und Neujahr auf Sylt verbringen. „Wissen Sie, entweder man mag die Insel oder nicht. Da gibt es keine zwei Meinungen", erklärt nun die Frau des Schwaben. Belinda nickt zwar, aber das ist kein Zeichen von Zustimmung. Sie hat sich noch nicht entschieden, ob sie die Insel mag oder nicht.

Ein weiteres Pärchen stellt sich zu ihnen an den Tisch. „Wir sind aus Köln", erfährt die kleine Gruppe und trinkt weiter ihren Wein. Als noch ein Pärchen, diesmal aus Hamburg, an den Tisch tritt, hat Belinda das Gefühl, der einzige Mensch zu sein, der allein auf die Insel gereist ist. Sie bezahlt ihre Rechnung, verabschiedet sich von den anderen Gästen und geht durch die Friedrichstraße in Richtung Nordsee. Dort stellt sie sich an eine Mauer und legt nach vorn gebeugt ihre Ellenbogen auf die roten, oben abgerundeten Steine. Minutenlang atmet sie tief durch und schaut auf die heute nach dem herrlichen Sonnentag nicht ganz so stürmische See. Schließlich richtet sie sich wieder auf und sieht durch das große Fenster in das hell erleuchtete Restaurant des Hotels Miramar.

Plötzlich werden ihre Augen immer größer, sie weicht einige Schritte, sich an der Mauer entlang tastend, nach rechts und spürt sogleich Stiche in ihrer Magengegend. Dann dreht sie sich um und lehnt sich, da sie das Gefühl hat, als würde sich der Boden unter ihr auftun, mit dem Rücken an die Wand des an die Mauer anschließenden Eingangshäuschens. Sie holt erneut tief Luft und blickt wieder zu dem Restaurantfenster, hinter dem sie Ulf entdeckt hat. Der sitzt mit Donna und Amy, die mit dem Rücken zum Fenster Platz genommen hat, beim Abendessen und amüsiert sich augenscheinlich prächtig. Belinda schluckt, sie bemerkt einen dicken Kloß in ihrem Hals. „Das glaub ich jetzt nicht", denkt sie und bemerkt, wie die gestern durch Ulfs Abschiedsäußerungen hoch geflutete Woge von Glücksgefühlen schlagartig abebbt. Belinda ist enttäuscht.

„Aber warum eigentlich?", fragt sie sich und stellt sich, während sie durch die Friedrichstraße ihren vorherigen Weg wieder zurückgeht, weitere Fragen: „Was erwartest du eigentlich? Was willst du denn überhaupt?" Sie findet keine Antworten, sie merkt nur, dass sie sauer ist. Sauer auf Ulf. „Aber warum bist du sauer auf ihn? Du kennst ihn doch gar nicht. Was hat er denn von sich erzählt? Gar nichts, du hast die ganze Zeit von dir erzählt. Als er dran war, war die Zeit vorbei. Nun werd doch mal erwachsen. Immer dasselbe mit dir. Nur weil mal jemand richtig nett ist und keinen Ehering trägt, musst du doch nicht gleich denken, dass er der Neue an deiner Seite wird. Und überhaupt, auf ihn kannst du gar nicht sauer sein. Sauer bist du auf dich, weil du dich gekränkt fühlst", sagt sie sich selbst, ohne es allerdings laut auszusprechen. Belinda geht zurück in ihr Appartement und öffnet sich eine Flasche Wein. „Vielleicht hat Birgit doch recht mit ihrer Einkaufsplanung", denkt sie und trinkt ihren ersten Schluck.

Am nächsten Morgen herrscht ein besonders hektisches Treiben in der Stadt. „Ist wohl überall so", denkt sich Belinda und schaut auf ihre Armbanduhr. „Schlange stehen vor einem Bäckerladen. Das hast du eigentlich noch nie erlebt, oder?", grübelt sie und kauft dann, da sie sieht, dass alle Menschen größere Mengen Brot kaufen, zu ihren Brötchen noch ein Baguette und ein Schwarzbrot.

„Wir haben auch Rohlinge von ihren Brötchen, die können Sie dann selbst aufbacken", bietet ihr die überaus eifrige Verkäuferin an, doch Belinda lehnt ab: „Nein, ist schon gut so. Zu meinen Krabben esse ich lieber Schwarzbrot. Und das Baguette hab ich ja auch. Vielen Dank, sehr freundlich von Ihnen", erklärt sie sich und geht dann nach ihrer Einkaufstour zurück in ihr Appartement. Dort räumt sie die vom gestrigen Abend noch auf dem Tisch stehende Weinflasche und das dazu gehörige Glas weg. „Na ja, das eine Glas hättest du dir auch schenken können", denkt sie und stellt die angebrochene Weinflasche neben die Spüle auf die Küchenzeile. Dann bereitet sie sich ihr Frühstück und liest ausgiebig in der Zeitung mit der heute sehr dicken Weihnachtsbeilage.

Ulf macht sich nach seinem, da Donna und Amy noch schlafen wollten, allein eingenommenen Frühstück auf den Weg zum Flughafen, um Helen abzuholen. „Wie war der Flug?", fragt er bei der aus einer flüchtigen Umarmung bestehenden Begrüßung. „Verlief völlig problemlos", antwortet Helen. „Aber ich musste schon früh aufstehen. Weißt du, in London spielen sie zu Weihnachten immer alle verrückt. Als wenn es am nächsten Tag nichts mehr geben würde. Allein die Fahrt zum Flughafen hat länger gedauert als der Flug von London nach Düsseldorf. Da musste ich dann ein bisschen warten, aber nun bin ich ja hier. Also, die gesamte Flugreise in weniger als dreieinhalb Stunden ist okay, oder?", fragt Helen rhetorisch. Ulf trägt Helens Gepäck zum Auto und öffnet den Kofferraum. „Ist das dein Weg des britischen Understatements?", erkundigt sich Helen mit Blick auf das Auto. Ulf verstaut Helens Koffer. „Wenn du so willst." Er öffnet Helen die Beifahrertür, sie steigt ein und Ulf geht um das Auto herum, um auf dem Fahrersitz

Platz zu nehmen. „Der Wagen gehört Christian, weißt du. Ist ein Freund von mir", erklärt er.

„Ja, das ist der mit den Schiffen, richtig?", bemerkt Helen. Ulf lächelt sie an und nickt: „Genau." Am Hotel angekommen, setzt er Helen ab, die, als er schließlich ebenfalls die Suite betritt, Donna und Amy bereits stürmisch begrüßt. Ulf legt seinen Arm um Helen. „Ist dein Zimmer okay?" Helen nickt ihm zu. „Ich habe noch gar nicht richtig geguckt. Aber ich denke mal, es ist wie jedes Jahr. Alles ist bestens Ulf. Vielen Dank." Sie drückt ihm einen Kuss auf die Wange und blickt dann mit dem ihr eigenen Augenaufschlag in die Runde. „Ich möchte mich noch etwas ausruhen und hinlegen. Wie sieht der Abend aus?"

„Um sieben im Restaurant!", sagt Ulf. Helen nickt ihm zu und verlässt die Suite.

Immer noch in ihrem Appartement sitzend, weiß Belinda nichts so recht mit sich anzufangen. Zwar war sie vor einem Jahr an den Weihnachtstagen auch schon ohne Partner, aber da war sie in New York bei Bekannten. „Ja, jetzt ist der richtige Alltag da", stellt sie fest. Dann zieht sie erneut ihre warmen Sachen an und macht sich auf den Weg, um in der Stadt zu gucken, ob sie Anregungen für den heutigen Abend bekommt. Sie bummelt durch die Straßen und stellt fest, dass im Gegensatz zum Vormittag kaum noch Leute zu sehen sind und dass fast alle Geschäfte und auch Restaurants geschlossen haben. „Das mit dem Truthahn wird hier wohl nichts", denkt sie an ihre vielen in den USA verbrachten Weihnachtsfeste. „Na, mal gucken, was es sonst noch gibt", überlegt sie weiter und registriert, dass es in einem Restaurant im Außer-Haus-Verkauf zumindest Grillhähnchen zu kaufen gibt. „Früher gab es doch immer diesen viel zu sauren Kartoffelsalat mit Würstchen", erinnert sie sich und denkt mit Schaudern an die von ihr so ungeliebten dicken Knackwürste, die ihre Eltern aber immer sehr gern gegessen haben.

Sie geht weiter, kauft sich bei Blum, der noch geöffnet hat und in dessen Laden sich noch einige unentschlossene Kunden aufhalten, einen halben Hummer und kehrt in ihr Appartement zurück, um sich auf einen Heiligen Abend vorzubereiten, von dem sie noch gar nicht weiß, wie er denn werden wird. Sie legt den Hummer in den Kühlschrank, nimmt eine Flasche Champagner heraus und legt sie, mit einem leichten Schmunzeln an Birgits Hinweis denkend, in den Tiefkühler.

Ulf begibt sich derweil in den Wellnessbereich des Hotels. Ausgiebig nutzt er die fast leere Anlage. Er schwimmt seine Bahnen, legt sich in die Sauna, duscht, ruht sich aus, geht ins Dampfbad und kühlt sich anschließend in der Eisdusche, in der aus einem großen Duschkopf statt Wasser gestoßenes Eis herabrieselt. „Ich fühle mich wie ein Mojito", lacht er. „Im Dampfbad riecht es nach frischem Eukalyptus, hier gibt es jetzt das Eis dazu", spricht er mit sich selbst und reibt sich die Eisbrocken über Beine und Körper. „Brr, so frisch habe ich mich lange nicht gefühlt. Das ist ja eine richtig tolle Sache, so eine Eisdusche."

„Ach, hier bist du", vernimmt er eine Stimme durch die sich leicht öffnende Tür, die von Donna ganz geöffnet wird. „Was ist das denn hier?", fragt sie, betritt den Raum und fügt sogleich ein „Uih, ist das kalt hier drin" hinzu. Dann verschwindet sie genauso schnell wie sie hinein gekommen ist wieder aus dem an eine Tropfsteinhöhle erinnernden Raum. Ulf muss lachen. Er stellt die Eisdusche ab und geht hinaus. „Du musst dich auch erst richtig aufwärmen", sagt er zu Donna, die frierend vor ihm steht. „Ab in den Nebel!", befiehlt er lachend, öffnet die Tür zur Dampfsauna und schiebt Donna mit einem leichten Klaps auf den Rücken hinein. „Hier sieht man ja gar nichts", bemerkt Donna. „Warte. Noch nicht setzen. Ich spüle erst die Bank ab", erklärt Ulf, nimmt einen Schlauch von der Wand und sprüht die Sitze ab. „So. Mit dem Arm noch mal drüber wischen, fertig. Bitte, nehmen Sie Platz, gnädige Frau."

„Das tut gut", seufzt Donna. „Sollte man öfter machen."

„Ich gehe jede Woche mindestens zweimal ins Dampfbad", berichtet Ulf und schwärmt erneut von der Eisgrotte. „Ach deswegen hast du dich so gut gehalten", entgegnet Donna, das „Deswegen" besonders betonend und erhebt sich, um dann mit einem „Ich gehe lieber schwimmen" zu verschwinden. Ulf schüttelt den Kopf und lächelt.

Belinda sitzt in ihrem Appartement und grübelt. Sie schaut auf ihre Armbanduhr und denkt daran, wie sie sich damals, gleich als sie vom Arzt kam, der ihr die Mitteilung von ihrer Schwangerschaft gemacht hatte, noch bevor sie nach Hause zu ihrem Mann gegangen ist, diese Uhr gekauft hat. „Tiffany", sagt sie schmunzelnd und fügt hinzu: „New York, fifth avenue."

„Oh, der Champagner muss raus", fällt ihr ein. Sie springt auf, nimmt die eiskalte Flasche aus dem Gefrierschrank und stellt sie auf die Küchenzeile. Dann schaut sie suchend umher und findet in einem Regal neben dem Küchenschrank eine dicke weiße Blumenvase. „Genau, die ist es", sagt sie sich, geht dann zum Tiefkühler und holt eine Schale mit Eiswürfeln heraus. Sie kippt die Hälfte der Eiswürfel in die Vase, füllt die Schale wieder auf und stellt sie abermals in den Tiefkühler. Dann öffnet sie den Champagner und genehmigt sich mit einem „Fröhliche Weihnachten, liebe Belinda" ihr erstes Gläschen. Kaum hat sie einen Schluck getrunken, beginnt ihr Handy zu klingeln. Sie schaut auf das Display. „Na, wenigstens ruft sie an" stellt sie fest und meldet sich.

Donna und Ulf haben ihren Besuch im Wellnessbereich beendet und schreiten, in ihre Bademäntel gehüllt, durch das Treppenhaus hinauf in ihre Suite, wo ihnen Amy entgegenkommt. „Und?", fragt sie und dreht sich tanzend um die eigene Achse. „Wie sehe ich aus?"

„Wie 'ne Fünfundzwanzigjährige auf Männerfang", sagt Ulf und geht einfach weiter. Amy schaut entsetzt zu Donna. „Amy, Ulf hat recht. Too much, my dear", sagt sie und erklärt auch gleich: „Weniger ist mehr, mein Schatz." Dabei reibt sie sich mit den Fingern unter ihren Augen entlang. „Du solltest deine wunderschönen Augen betonen und nicht zumalen."

„Okay, okay", antwortet Amy leicht genervt und verschwindet wieder im Bad. „Aber beeil dich, ich muss da auch noch rein", mahnt Donna und freut sich, dass Amy zwar immer wieder versucht, eigene Ideen auszuprobieren, aber bei Einwänden doch auch immer wieder den Rat ihrer Mutter befolgt.

Derweil telefoniert Belinda mit Birgit, die ihr nun in aller Ausführlichkeit von ihrem Besuch in Hamburg erzählt, während Belinda gleichzeitig Schluck für Schluck ihr Glas leert und immer wieder nachgießt. Nach dem Gespräch holt sie ihren Hummer aus dem Kühlschrank, schneidet ihr Baguette auf, schaltet den Fernseher ein und macht es sich gemütlich.

Währenddessen betreten Ulf, Helen, Donna und Amy das Hotelrestaurant und unterhalten sich sogleich beim Gästeempfang der Hotelleitung mit einigen weiteren, ihnen schon aus den Vorjahren bekannten, Gästen.

Um halb acht hat Belinda ihre Champagnerflasche geleert und gönnt sich nun zu ihrem Hummer eine Flasche Grauburgunder, während die Hotelmanagerin ihre Gäste bittet, nun ihre Plätze einzunehmen, damit sie, wie in jedem Jahr, ihre Begrüßungsrede halten kann. „... und so freue ich mich, Sie am Heiligen Abend zu unserem Weihnachtsmenü begrüßen zu dürfen. Früher gab es bei uns zu Hause, ich denke mal, wie bei vielen von Ihnen, immer Kartoffelsalat und Würstchen. Heute dagegen hat Ihnen unser Chefkoch ein Fünf-Gänge-Menü mit Sylter Spezialitäten gezaubert. Ich wünsche uns allen ein frohes Weihnachtsfest und einen guten Appetit." Sie hebt ihr Glas und prostet ihren Gästen zu.

Auch Helen, Donna, Amy und Ulf stoßen an. „Ich freue mich riesig auf den heutigen Abend", sagt Helen und wischt sich eine kleine Träne aus dem Auge. „Ich glaub, ich hab schon einen Schwips", kichert Amy und blickt aus ihren nun dezent geschminkten Augen zu Donna, woraufhin die ihr das Glas aus der Hand nimmt, es mit einem Schluck austrinkt und beim Kellner eine „Jahrgangscola für die junge Dame" ordert.

So nimmt der Heilige Abend seinen Lauf. Belinda hat nach dem Essen ihre Reste weggeräumt, sich noch ein weiteres Gläschen

Wein gegönnt und ist dann irgendwann auf der Couch vor dem noch laufenden Fernseher eingeschlafen.

Im Hotel ist Amy nach dem Abendessen direkt ins Bett gegangen. Ulf steht nun mit Donna und Helen an der Hotelbar. Sie genehmigen sich, wie Ulf es genannt hat, noch einen „Absacker", dann gehen auch sie ins Bett, um am nächsten Morgen frisch und ausgeruht mit einem ausgiebigen Frühstück ihren Tag zu beginnen.

Da Donna und Ulf noch nicht im Frühstücksraum aufgetaucht sind, sitzen Amy und Helen bereits allein am Tisch und schwatzen und schwatzen und schwatzen. „Was spielst du denn gerade?", will Amy wissen und löffelt ihr Müsli. „Ach, nichts Besonderes. Ein Boulevardstück. Noch bis Ende Januar. Aber dann drehe ich wieder einen Film", antwortet Helen und genießt ihr Rührei. „Wieder in Hollywood?", fragt Amy. Helen nickt und zeigt auf ihren gefüllten Mund, dann antwortet sie: „Das ist zwar eine Hollywoodproduktion, aber wir drehen überwiegend in England. Ich spiele ein Mitglied des englischen Königshauses."

Amy stützt ihren Kopf in die Hände und schaut mit bewundernden Augen zu Helen. „Du bist ein richtiger Filmstar. Hmmh?"

„Wenn man alles glaubt, was so in den Zeitungen steht …", beginnt Helen ihre Ausführung und trinkt einen Schluck von ihrem Tee, um dann die Tasse wieder abzusetzen. „Ja, dann bin ich das. Aber für mich ist das nichts Besonderes, weißt du. Für mich ist das mein Beruf." Grübelnd nimmt sie ihre Tasse erneut in ihre Hände. „Weißt du, Amy, die Leute sehen immer nur die schönen Seiten. Rote Teppiche, tolle Kleider, Fans und Fotografen. Aber das ist nur die eine Seite."

„Und die andere?", fragt Amy, ebenfalls ihre Tasse in beiden Händen haltend. Helen schmunzelt. „Weißt du, so eine typische Filmwoche beginnt für mich in der Regel am Montagmorgen um sechs Uhr. Dann wird meistens bis abends um zehn gearbeitet. Am nächsten Tag geht es dann erst um zehn Uhr los, weil zwischen Drehende und Neubeginn immer zehn Stunden Pause sein müssen."

Helen registriert den fragenden Blick von Amy. Sie erklärt: „Für die Techniker. Ist Vorschrift, die Gewerkschaften, weißt du."

Amy nickt, Helen führt weiter aus: „Wir Schauspieler müssen in der Zwischenzeit aber auch noch den Text für den nächsten Tag durchgehen, Einstellungen besprechen, Kostümänderungen vornehmen lassen; manchmal sitzen wir auch stundenlang in der Maske. Für meine neue Rolle als Queen Mum brauchen meine Maskenbildner über eine Stunde. Und das jeden Tag."

„Oh", staunt Amy. „Also, die Geduld hätte ich gar nicht."

„Ja, Geduld gehört dazu", antwortet Helen. „Aber es macht auch Spaß. Die Arbeitswoche ist meist allerdings erst am Samstagfrüh beendet, weil sich das mit den Pausen dann immer so hinzieht."

„Und was machst du dann am Wochenende?", will Amy wissen und fragt weiter: „Hast du eigentlich einen Freund?"

Helen lacht. „Ja, den habe ich. Aber ich sage nicht, wer das ist. Das ist unser Geheimnis." Nachdenklich fügt sie hinzu: „Aber er ist aus der derselben Branche und kennt meine Arbeit sehr genau."

„Aber mir kannst du es doch ruhig sagen", bohrt Amy und wird dann von einem freundlichen „Guten Morgen" und einem Schmatz auf ihre Wange unterbrochen. Donna kommt an den Tisch, begrüßt auch Helen mit einem Küsschen, geht dann zum Buffet und kehrt an den Tisch zurück.

„Möchten Sie Kaffee oder Tee?", fragt die sehr aufmerksame Kellnerin. „Kaffee, bitte", antwortet Donna. „Also, die sind echt freundlich hier im Hotel", findet Amy. „Vielleicht sollte ich auch ins Hotelfach gehen, Mama?"

„Na, Gott sei Dank. Wenigstens nicht Schauspielerei", entfährt es Helen, und es klingt durchaus glaubwürdig, wie sie es sagt.

„Wie? Nichts mehr mit Mode, kein Design?", fragt Donna und nimmt den von der Kellnerin gereichten Kaffee herüber.

Amy zuckt mit den Schultern, schaut Donna an und wechselt das Thema: „Wo ist eigentlich Ulf? Pennt der noch?" Auch Donna zuckt mit den Schultern, während Amy plötzlich mit dem Finger in Richtung Fenster zeigt, an das nun gerade geklopft wird. Draußen steht Ulf mit rot gefrorener Nase, den Kragen noch einmal symbolisch hochklappend und signalisiert „Ich friere, bestellt mir etwas zu Trinken."

Die Kellnerin räumt die von Amy und Helen leer gegessenen Teller weg. Amy zeigt auf Donnas Kaffeekanne und sagt etwas schnippisch: „Da können Sie gleich noch eine Kanne bringen." Worauf die etwa gleichaltrig wie Amy aussehende Kellnerin mit einem etwas pikierten „Sehr gern, gnädige Frau" antwortet.

Amy hat ihren Fauxpas bemerkt und zieht eine Flunsch. Donna und Helen schauen sich an, während Ulf zu ihnen an den Tisch tritt.

„Brr, ist das schön kalt draußen. So muss Sylt sein. Das liebe ich." Er nickt. „Guten Morgen. Habe ich das schon gesagt?"

„Nein. Ist aber angekommen. Guten Morgen", entgegnet Donna.

Die Kellnerin bringt den von Amy georderten Kaffee an den Tisch und sieht zu Amy. „Für Sie, gnädige Frau?"

Amy schaut zu der Kellnerin. „Nein, entschuldigen Sie bitte. Der ist für den Herrn."

Die Kellnerin stellt Ulf den Kaffee hin. „Bitte schön."

„War nicht bös gemeint", fügt Amy noch hinzu und erntet dafür von der Kellnerin einen Blick, den Amy als „alles okay" empfindet und der auch so gemeint war.

Donna steht auf und geht erneut zum Buffet, während Ulf mit sichtlichem Genuß, etwas schlürfend, seinen Kaffee trinkt. Amy und Helen bemerken das Schlürfen und schauen Ulf an, der sich auch sofort entschuldigt: „Ist so fürchterlich heiß." Donna kommt zurück an den Tisch und serviert Ulf zu seiner Überraschung einen Frühstücksteller. Der schaut zunächst sie an, dann in die Runde. „Womit hab ich denn das verdient?"

„Weil du so ein Netter bist", sagt Donna und küsst ihn auf die Wange. Amy steht auf. „Dürfen Helen und ich jetzt gehen? Wir sind schon fertig. Und heut' ist unser Tag."

Während Donna nickt, beißt Ulf in sein Brötchen, nickt ebenfalls, winkt mit einer Hand und antwortet mit etwas zu vollem Mund: „Bis heut' Abend." Dann genießt er weiter sein Frühstück mit Donna, die ihm, genau wie vorhin Helen und Amy, ihre Tasse in beiden Händen haltend, zuschaut.

„Wo warst du denn schon so früh?", fragt sie. „Kennst mich doch", antwortet Ulf. „Wenn ich abends Weißwein und Champagner getrunken habe, bin ich am nächsten Morgen schon immer sehr früh wach. Bin dann einfach raus und hab am Strand zwischen Westerland und Wenningstedt die Möwen geweckt."

Donna sieht ihn lächelnd an und blickt dann zum Fenster, wo Helen und Amy dick eingemummelt stehen und noch einmal winken, bevor sie sich schließlich auf ihre Tour begeben.

Belinda ist ebenfalls schon früh unterwegs. Nachdem sie zunächst ihr Appartement aufgeräumt und den Abfall des Vorabends entsorgt hat, ist sie von ihrem Haus aus immer in südliche Richtung durch die Stadt gelaufen und schließlich am Strand angelangt. Nach einer kurzen Rast in der „Seenot" macht sie sich nun auf den Weg zu Gosch, um dort etwas zu Mittag zu essen. Sie ist sich lange nicht sicher, was sie bestellen möchte. Letztendlich entscheidet sie sich für eine Fischsuppe, geht mit dem prall gefüllten Teller zu einem freien Tisch und bestellt sich bei dem sofort zu ihr eilenden jungen Kellner noch ein Bier.

„Fröhliche Weihnachten. Dürfen wir uns zu Ihnen stellen?" Belinda hat gerade einen Löffel der leckeren Suppe zu sich genommen. Sie schaut kurz hoch und sieht Helen und Amy vor sich stehen. Belinda deutet auf ihren vollen Mund. Sie nickt und weist mit dem Arm auf den Tisch, um zu zeigen, dass dort genügend Platz ist.

„Und nun?", fragt Amy. „Na Darling, du weißt doch. Die Krabben", antwortet Helen. Belinda hat inzwischen ihren Mund geleert und grüßt: „Fröhliche Weihnachten. Entschuldigung, ich hatte meinen Mund voll."

Helen nickt Belinda verstehend zu. Dann mustert sie die nun weiter ihre Suppe löffelnde Belinda und spricht sie an: „Belinda? Belinda Priest? Sie sind Belinda Priest." Die völlig überraschte Belinda legt ihren Löffel weg, schaut zu Helen und trinkt, um Zeit zu gewinnen, einen Schluck von ihrem Bier. „Helen. Was machen Sie denn hier?", fragt sie völlig verblüfft und fügt hinzu: „Das glaube ich ja nicht."

Amy schaut die ganze Zeit ratlos zwischen den beiden sich nun umarmenden Frauen hin und her. „Amy Schatz, das ist Belinda

Priest. Ich kenne sie aus Hollywood. Von den Oscars. Sie hat dort immer unsere Kleider verrissen", erklärt Helen.

Amy nickt. „Ich hol mir jetzt aber erstmal etwas zu Essen, sonst sterbe ich vor Hunger", verkündet sie und geht kopfschüttelnd zum Tresen, um ihr Essen zu bestellen: „Einen Rösti mit Krabben, einen mit Lachs. Und beide mit viel Soße, und auf den Lachs, der ist für mich, bitte ganz viel frische Petersilie, damit man nicht so riecht", bestellt sie selbstbewusst mit einem Atemhaucher in Richtung des ganz kurz verdutzt guckenden Fischverkäufers und legt einen Zwanzigeuroschein auf den Tresen. „Da gibt dat zu dem Essen sogar noch Geld zurück", sagt der junge Mann hinter der Theke und nimmt den Schein. Anschließend gibt er Amy ihr Wechselgeld zurück und füllt dann ihre Teller, wobei er jeweils so reichlich Soße verteilt, dass Amy beim Transport zum Tisch aufpassen muss, nichts über den Tellerrand schwappen zu lassen.

„Drei Bier, bitte", bestellt Helen bei dem an den Tisch kommenden Kellner, der mit einem zackigen „Is gebongt" antwortet. „Helen. Bier bei der Kälte? Ich mag gar kein Bier", sagt die an den Tisch zurückkommende Amy. „Möchtest du lieber einen Wein?", fragt Helen und erntet von Amy die Antwort: „Ihr immer mit euerm Alkohol. Nee, ich will lieber 'n Tee."

Der Kellner bringt das Bier, stellt es auf den Tisch und legt den Bon dazu. „Darf ich gleich kassieren?"

„Nur, wenn ich noch 'n Tee kriege", entgegnet Amy und schaut den jungen Mann mit listigen Augen an. „Geht kloar, die Dame", antwortet er, eilt davon und ist dann fast genauso schnell wie er gegangen ist, mit dem heißen Tee wieder am Tisch. „Reichen zwei Stücken Zitrone? Oder muss ich die Dröhnung erhöhen?", fragt er.

„Ich zahle das", erklärt Belinda und greift in ihre Jackentasche. Doch Helen kontert: „Oh, nein, nein. Ich habe das bestellt."

Doch Belinda bestimmt: „Genau. Sie haben bestellt und ich zahle." Sie gibt dem Kellner einen Zwanzigeuroschein. „Alles zusammen. Ich denke das reicht. Der Rest ist für Sie."

„Nehm ich glatt. Und für die weiteren Bestellungen: Ich heiße Lars", sagt er und wirft einen langen Blick auf Amy, die eine so herzhaft große Portion von ihrem Rösti mit Lachs in den Mund schiebt, dass ihr die Soße aus dem Mundwinkel rinnt. Sofort hat Lars eine Serviette in der Hand und reicht sie Amy. „Wie man ja sieht, dat schmeckt denn wohl richtig gut."

Während Amy Lars einen intensiven Blick zuwirft und dann mit leicht eingezogenem Kopf zu Helen und Belinda schaut, stehen Donna und Ulf Arm in Arm vor einem Schaufenster in Kampen.

„Hier bummle ich am liebsten an Feiertagen", bemerkt Ulf und sieht Donna an, die seine Aussage sofort zu interpretieren weiß „Weil die Läden dann geschlossen sind, was?" Ulf lacht sie an. „Du kennst mich gut."

„Ja!", bestätigt Donna. „Und jetzt willst du einen Kaffee trinken in der Sturmhaube, richtig?"

„Genau!", antwortet Ulf. „So wie jedes Jahr."

Amy schlürft ihren Tee, während Belinda das „dritte Bier" zwischen Helens und ihrem Glas aufteilt. Dann fragt Amy: „Wollen wir nicht noch 'n leckeres Brötchen essen?"

„Nee. Ich hole uns noch 'n paar Rösti", mischt sich Belinda ein. „Die sehen ja so was von lecker aus. Habt ihr 'ne bestimmte Vorliebe oder noch mal das Gleiche?"

„Ja!", antwortet Amy und schaut Helen an „Jetzt isst du den Lachs und ich die Krabben, okay?"

Belinda geht los, Amy sieht zu Helen. „Die ist ja voll nett. Woher kennt ihr euch?" Helen nimmt einen tiefen Schluck von ihrem Bier. „Amy. Diese Frau ist eine der wichtigsten Modejournalistinnen der Welt. Bei jeder Filmpreisverleihung, bei jeder Modenschau, ist sie diejenige, die entscheidet, was stylemäßig gesehen gut ist und was nicht. Sie, und dann noch ihre Chefin, entscheiden über Erfolg und Misserfolg von Menschen."

„Ob die allein hier ist?", überlegt Amy. „Wie allein?", fragt Helen und schaut wegen des Themenwechsels etwas verwirrt. „Na, allein. Hier auf der Insel, meine ich." Helen zuckt mit den Schultern. Belinda kommt mit den Rösti zurück an den Tisch. Auch Lars ist sofort wieder da. „Wieder Bier dazu?", wirft er ein und schaut dann gespielt verächtlich zu Amy. „Und du bleibst bei deinem Kindergottesdienst-Getränk?"

„Bei meinem, was?", fragt Amy sichtlich überrascht und reagiert etwas genervt: „Was bist denn du für 'ne Type?"

„Ja, zwei Bier und …?" Belinda guckt Amy auffordernd an, die Lars ganz scharf, fast wütend, ansieht. „'ne Cola! Und frische Petersilie. Die habt ihr vergessen." Lars nickt ihr zu und geht zu Lennart. „Brauche frische Petersilie! Für die Braut da vorne."

Während der liebevoll die Petersilie auf einem zusätzlichen Teller drapiert, beobachtet Lars seine Gäste. „Hier, die Petersilie", wird er unterbrochen. Er wirft einen Blick auf den Teller, nickt Lennart anerkennend zu und serviert Amy die Petersilie.

„Guten Appetit", wünscht Belinda. „Sind Sie eigentlich alleine hier?", fragt Amy sie und bedankt sich gleichzeitig bei Lars. Belinda zeigt mit dem Finger auf ihren Mund und nickt. Dann schluckt sie ihren Bissen herunter und erkundigt sich: „Und Sie, äh, und ihr?"

„Familie. Wie jedes Jahr", antwortet Amy. „Die anderen sind spazieren. Das ist auch gut so. So habe ich wenigstens einmal im Jahr meine Helen für mich alleine." Amy beginnt wieder zu schwärmen: „Helen ist Schauspielerin. In London. Sie spielt Theater und macht Filme. Sogar in Hollywood."

Belinda nickt. „Ja, das weiß ich. Wir kennen uns. Aber was machen Sie denn?" Amy verdreht etwas genervt die Augen. „Oh man, ich muss erst mein Abi machen, dann kann ich entscheiden, was kommt. Aber das muss ich erst mal schaffen." Belinda winkt nach Lars, der auch wieder blitzschnell an den Tisch geeilt kommt. „Bringen Sie uns doch bitte noch zwei Aquavit", bestellt sie und schaut zu Amy. „Du auch?"

„Nee", verzieht Amy das Gesicht und beobachtet aus den Augenwinkeln, wie Lars schmunzelnd davonspringt, um die erneute Bestellung auszuführen.

Zur selben Zeit sitzen Donna und Ulf in der Sturmhaube. Sie schauen hin und wieder auf das Meer hinaus und plaudern intensiv über sich, Amy und Helen. Sie lachen, sie scherzen und streicheln sich hin und wieder über ihre Wangen.

Während Lars den Aquavit serviert, fragt Amy Belinda: „Sagen Sie, wenn ich das alles so richtig verstanden habe, dann schreiben Sie darüber, was Menschen so anziehen?" Belinda nickt Amy zu. Auch sie nickt, mehrfach sogar. Allerdings sieht man ihr an, dass sie dabei sehr intensiv nachdenkt. Dann sprudelt es aus ihr heraus. „Also, Schreiben wäre auch was für mich. Ich habe schließlich immer die witzigsten Artikel für unsere Schülerzeitung verfasst. Sogar mit Layout und so", fügt sie hinzu. „Also, Omama, vielleicht sollte ich Journalistin werden."

Belinda ist überrascht und schaut abwechselnd zu Helen und Amy. „Omama? Wie, Sie sind die Oma von Amy?" Amy nimmt Helen in den Arm. „Und, sie ist die beste Omama der Welt."

„Den brauche ich jetzt", sagt Belinda und trinkt einen Schluck von dem Aquavit. Helen küsst Amy auf die Stirn und sieht dann, ebenfalls zu ihrem Glas greifend, mit einem fragenden Blick zu Belinda. Die schüttelt sich, nachdem sie den „Kurzen" mit einem Zug geleert hat, und nickt verstehend. „Ich schreibe über so etwas nicht mehr, Helen. Keine Sorge. Aber hätte ich noch vor einem Jahr erfahren, dass Sie eine Enkeltochter haben, dann hätte ich das als Weltsensation verkaufen können. Schließlich bedeutet das, dass Sie ein Kind haben."

„Und nun?", fragt Helen. Belinda kramt in der Innentasche ihrer Daunenjacke. „Hier haben Sie eine Karte von mir. Wir können uns ja noch mal treffen. Wie lange bleiben Sie?"

„Bis übermorgen", antwortet Helen. „Aber morgen haben wir unseren Frauentag. Mit Amys Mutter. Das wird zeitlich knapp."

„Aber ich bleibe noch länger", mischt Amy sich ein und zeigt mit der Hand, dass auch sie eine Karte von Belinda haben möchte. „Wir treffen uns, versprochen. Ich rufe an", antwortet sie mit der Visitenkarte in der Hand. „Wie lange bleiben Sie hier?"

„Geplant ist bis zum Zehnten. Januar. Aber mal sehen, was passiert", antwortet Belinda und fühlt sich genau in diesem Moment wieder sehr allein, während sie registriert, dass ihr Handy einmal klingelt, dann aber wieder verstummt. „Das war ich", erklärt Amy. „Dann haben wir schon mal unsere Nummern."

„Und jetzt?", fragt Belinda und schaut zu Helen. „Ich würde gern noch so vieles von Ihnen wissen."

„Na, dann reden wir doch", sagt Helen. „Aber wehe, Sie schreiben darüber."

„Wird nicht passieren. Versprochen!", antwortet Belinda. „Außerdem habe ich in den letzten anderthalb Jahren für mich selbst so viel erlebt, da kommen die Storys aller Hollywoodstars niemals mit."

Sie werden von einem „Entschuldigung, wenn ich störe" unterbrochen. Lars kommt ein weiteres Mal an den Tisch. „Wir machen gleich dicht. Was darf es denn noch sein?", fragt er. „Beim nächsten Mal ein freundlicher Kellner, der auch Non-Alcoholic-Consumers respektiert", sagt Amy und schaut etwas genervt zu Belinda und Helen, die in ihrer Konversation immer wieder ins Englische verfallen. „Jetzt bringen Sie noch zwei Aquavit, und für Amy ..."

Die winkt ab. „Nee, für mich nichts von diesem Zeug. Aber trinkt ihr ruhig", beruhigt sie, um dann auch ihre exzellenten, allerdings auch von ihr bewusst mit einem coolen Slang vermischten Kenntnisse der englischen Sprache hervorzubringen. „Helen, Grand Mom, darl'. I bring ya home."

„Sag mal ...", bemerkt Belinda, die sich momentan richtig wohlfühlt und bei Amys Aussprache an ihre Töchter denken muss, „Du spricht ja ein richtiges mother-tongue-english."

„My mom is English. Helen is her mother", antwortet Amy neckisch. „Aber ich bin in Deutschland geboren. Mein Vater war bei der Rheinarmee, so sind meine Eltern hierher gekommen. Meine Mutter und ich leben in Düsseldorf. Und mit Helen rede ich Deutsch, damit sie es nicht verlernt."

„Danke für die ausführlichen Informationen", entgegnet Belinda lächelnd und will gerade wieder etwas auf Englisch sagen, wird jedoch sofort von Helen mit erhobenem Zeigefinger korrigiert: „Auf Deutsch, bitte."

„Wollen wir nicht noch irgendwo einen Kaffee trinken? Mir wird trotz der Schnäpse langsam kalt", drängelt Belinda. Amy und Helen schauen sich kurz an, dann zieht Amy ihre ohnehin schon tief in die Stirn gezogene Strickmütze noch weiter über die Augenbrauen, zerrt ihren Schal vors Gesicht und nickt. So verabschieden sie sich von Lars, winken dem Fischverkäufer hinter seinem Tresen zu und gehen einige Schritte durch die Friedrichstraße, um dann im Café Orth Kaffee zu trinken und weiter zu plaudern.

„Komm, wir gehen noch ein paar Schritte und dann machen wir uns „Müller-fein". Wird langsam schon dunkel", entscheidet Ulf. Sie ziehen ihre dicken Jacken an und gehen zu der Straße, wo Ulf den Bentley abgestellt hat. Dann fahren sie zurück nach Westerland, parken den Wagen und gehen in ihre Suite, um sich noch ein wenig frisch zu machen und sich umzuziehen.

Auch Amy drängt zum Aufbruch, denn ihr wird das „Gejeckere", wie sie es nennt, von Helen und Belinda, die sich im Laufe des Nachmittags zu ihrem Kaffee noch jeweils zwei Schlehenbrand gegönnt haben, langsam zu viel. „Wie zwei alte Hühner", befindet sie. „Woher weißt du denn, wie alte Hühner sich verhalten?", fragt Belinda. „Bist du auf dem Lande aufgewachsen?"

„Nö", antwortet Amy. „Aber so stelle ich mir das vor. Los jetzt, sonst geh ich alleine."

„Ist ja schon gut", bringt Helen sich ein und bemerkt beim Aufstehen von ihrem Stuhl, dass sie doch leichte Schwierigkeiten hat, das Gleichgewicht zu halten. „O ha", sagt sie. „O ha, o ha."

Die drei ziehen ihre Jacken an, setzen ihre Strickmützen auf, verlassen das Café und verabschieden sich auf der Straße voneinander. „Ich glaub, ich muss jetzt gleich erstmal ein wenig schlafen", sagt Helen und hakt sich bei Amy ein, um mit ihr die wenigen Schritte bis zum Hotel zu laufen. Belinda zieht ihre Mütze noch weiter über die Ohren, schaut, nun wieder etwas wehmütig werdend, dem davon gehenden Enkelin-Oma-Gespann nach und entscheidet sich dann, im Münchner Hahn ein halbes Hähnchen zu essen und ein Bier zu trinken.

„Wo wollt ihr denn hin?", fragt Amy beim Betreten der Suite, als sie Donna und Ulf in ihrer Abendgarderobe vor sich sieht. „Ist das nicht 'n bisschen zu fein, so beide im dunklen Anzug?"

Ulf guckt überrascht. „Na, wir gehen essen. Das weißt du doch."

Amy legt ihre Jacke übers Sofa. „Ich leg mich erstmal hin. Wir waren den ganzen Tag an der frischen Luft. Bin müde. Guten Appetit."

„Wo ist denn Helen?", will Donna wissen. „Ist in ihrem Zimmer", antwortet Amy gleichgültig und geht in ihr Zimmer, während Ulf ihre Jacke vom Sofa nimmt und sie Amy hinterherträgt.

„Ich geh mal kurz rüber", sagt Donna, verlässt den Raum und klopft an Helens Zimmertür, die sich auch sofort öffnet. „Ach, du, komm rein."

Donna betritt das Zimmer, schaut auf die ihre Kleidung ablegende Helen. „Sag mal, ist irgendwas?", fragt Donna und bemerkt bei Helens Antwort die etwas schwer gewordene Zunge: „Nein, ich bin nur ein bisschen müde. Geht ihr man. Vielleicht komm ich nach. Was macht Amy?"

„Die hat sich hingelegt", erklärt Donna.

Helen geht zu ihr und gibt ihr einen Kuss. „Das mach ich jetzt auch." Dann lässt sie sich aufs Bett fallen. „Ach, mach doch bitte das Licht aus, wenn du gehst." Donna schaut fragend, macht das Licht aus und geht aus dem Zimmer.

Ulf sitzt im Sessel, als Donna wieder hereinkommt. Er steht auf. „Und?" Donna schaut ungläubig zu Ulf, sie wirkt erstaunt. „Du. Ich glaub, die hat einen in der Mütze." Ulf lacht und legt seinen Arm um Donnas Schulter. „Komm, wir trinken jetzt auch was. Und essen lecker. Aber wir laufen, okay?"

Donna lacht. Sie ziehen ihre Jacken an und gehen dann durch die Käptn-Christiansen-Straße zu Müller, wo sie auch gleich vom Restaurantchef des Hauses empfangen werden. „Ich freue mich, Sie wieder einmal bei uns begrüßen zu dürfen."

„Ist leider viel zu selten der Fall", antwortet Ulf bedauernd. „Wir leben ja nun mal nicht auf der Insel. Aber immer, wenn wir hier sind, kommen wir zu Ihnen."

„Das weiß ich zu schätzen!", sagt der Chef und übergibt seine Gäste an einen Kellner, der sie nun zu einem Tisch am Fenster des Restaurants führt und sie dort platziert. „Das Weihnachtsmenü?", fragt der Kellner. Ulf schaut mit hochgezogenen Augenbrauen zu

Donna, die nickt. Auch Ulf nickt, er ist glücklich und zufrieden und mit genau dieser Ausstrahlung schaut er den Kellner an. „Jo. Zweimal die fünf Gänge, bitte. Ohne Nachtisch. Das machen wir später. Zum Meer-Getier bitte den Sancerre, zum Fleisch 'nen Roten. Da dürfen Sie entscheiden, welchen. Und vorab zwei Gläschen Champagner."

„Sehr gern. Vielen Dank", sagt der Kellner, dann verbeugt er sich ganz leicht und geht. Donna sieht zufrieden zu Ulf. „Das ist doch immer wieder schön hier."

„Jo. Ist das!", bestätigt Ulf. Donna greift nach seiner Hand. „Weißt du eigentlich, dass ich so richtig zu schlemmen von dir gelernt habe? Und jetzt musst du für den angerichteten Schaden auch noch die Kosten übernehmen."

Herr Müller, der Inhaber und Chefkoch des Lokals, kommt in seiner Kochkleidung mit zwei Gläsern Champagner in den Händen an den Tisch. „Na, Herr Bernsen. Mal wieder auf der Insel?"

Ulf erhebt sich von seinem Stuhl. „Na, Herr Müller. Alles gut?" Der stellt die Gläser auf den Tisch. „Gruß vom Haus. Und fröhliche Weihnachten!"

„Sie keinen, Herr Müller?", fragt Ulf. Müller lacht Ulf an. „Später vielleicht. Ich muss ja noch kochen. Aber sonst geht es gut. Vielen Dank. Ich komm nachher noch mal vorbei", sagt er und verlässt den Tisch, während der Kellner wiederkommt und mit einem freundlichen „Lassen Sie es sich schmecken" den „Gruß aus der Küche" serviert.

Belinda geht, nachdem sie ihr Hähnchen gegessen und dazu ein Bier getrunken hat, auf dem Weg zu ihrem Appartement mit etwas unsicherem Schritt „noch einmal um den Block" und kommt durch die Süderstraße am Restaurant Müller vorbei, wo sie durch das Fenster Ulf und Donna beim Essen sitzen sieht.

Sie zieht den Kragen ihrer Jacke hoch, spürt wieder dieses Ziehen in der Magengegend, geht aber, energisch ihren Kopf hebend, weiter. Das Ziehen wird weniger, aber sie spürt diesen Kloß in ihrem Hals, als sie sich selbst sagt: „Und du blöde Kuh glaubst wirklich, nur weil du zwei nette Stunden mit einem wildfremden Mann im Zug verbracht hast … Ach, Mädel. Werde doch endlich erwachsen."

Sie geht weiter und lächelt, spürt aber ihre ganze Verbitterung. „Schon fünfzig und immer noch Träume." Plötzlich bleibt sie stehen. „Träume. Das ist doch auch schön. Sieh das doch mal positiv. Wie schön das ist, dass dir keiner was vorschreiben kann. Du kannst tun und lassen, was du willst. Du bist unabhängig. Das ist doch eigentlich das beste Gefühl der Welt. Frei und unabhängig zu sein." Belinda schaut noch einmal zum Restaurantgebäude, dann geht sie weiter. Sie schüttelt den Kopf und bemerkt, wie sie von einer Welle der Hoffnungslosigkeit überrollt wird. Schließlich kehrt sie in ihr Appartement zurück, telefoniert mit ihren Töchtern und macht sich noch mehr Sorgen, als sie erfährt, dass die beiden ihr Weihnachtsfest getrennt verbringen. „Das sind Zwillinge. Die haben bisher doch fast alles gemeinsam gemacht", sagt sie kopfschüttelnd, trinkt noch ein Glas Rotwein und legt sich ins Bett.

Ulf und Donna genießen den Abschluss ihres Festmahles, während sowohl Amy als auch Helen weiterhin in ihren Betten liegen und tief und fest schlafen. Fast vier Stunden haben sie getafelt und trinken gerade noch einen Schlehenbrand, als erneut Herr Müller durch das sich langsam leerende Lokal an ihren Tisch tritt. „Hat es Ihnen geschmeckt?"

„Das war ausgezeichnet!", lobt Donna. „Vor allem diese Sauce zum Hummer. Was ist da alles drin? Man schmeckt Zitrone oder Limone und Knoblauch …"

„Sie gestatten bitte, dass das mein Geheimnis bleibt. Aber ich freue mich, dass es Ihnen geschmeckt hat", grinst Müller.

Ulf leert sein Glas und stellt es auf den Tisch. Müller zeigt auf das Glas. „Unser Schlehenbrand, oder?" Ulf nickt. „Sie verstehen es, zu genießen, Herr Bernsen", sagt Müller.

„Lass uns mal „Du" sagen", schlägt Ulf vor. Müller schaut überrascht, doch Ulf legt nach. „Ich bin, glaube ich, der Ältere."

„Jahrgang?", fragt Müller. Ulf witzelt: „Ich? Oder der Schlehenbrand?" Müller lacht und zeigt auf Ulf, der in die Innentasche seines Jacketts greift, aus seinem Kreditkartenetui seinen Ausweis zieht und ihn Müller vor die Nase hält. Müller guckt genau hin, dann schüttelt er, Ulf anschauend, den Kopf und zeigt auf sich. Ulf neigt etwas den Kopf, verzieht das Gesicht und steckt den Ausweis und das Etui wieder weg.

„Trotzdem. Ich bin Jörg", erklärt Müller und reicht zuerst Ulf und dann auch Donna die Hand. „Donna", sagt sie und fügt ein freundliches „Ich freue mich wirklich immer sehr auf den Besuch bei Ihnen. Ist immer ein Höhepunkt unseres Aufenthaltes" hinzu.

Müller lächelt Donna zu, dann erhebt er sich von seinem Stuhl und verabschiedet einige andere Gäste, während der Kellner mit der Flasche Schlehenbrand an den Tisch kommt. Donna hält die Hand über ihr Glas. „Sie nicht?", fragt der Kellner. Donna winkt ab. „Vielen Dank. Aber 'nen Espresso nehme ich gern noch."

Der Kellner dreht sich um und schaut zu Müller, der ihm mit dem Kopf signalisiert: „Schenk ein, am Tisch." So gießt der Kellner die edlen Tropfen in Ulfs und Müllers Gläser. Dann hält er die Flasche gegen das Deckenlicht, prüft mit einem kurzen Blick den Inhalt und stellt sie mit einem Kopfnicken in Richtung Ulf auf den Tisch.

Müller verabschiedet weitere Gäste. Das Tresenpersonal winkt und geht dann auch. Das Lokal ist nun bis auf den Kellner, Müller, Ulf und Donna leer. Müller kommt zurück an den Tisch und spricht seinen Kellner an: „Sie können dann auch gehen."

Der Kellner nickt erst Müller zu und sieht dann zu Ulf. „Darf ich den Herrschaften noch die Rechnung …"

„Ach so", unterbricht ihn Müller und setzt sich wieder. „Das ist doch das Wichtigste überhaupt. Ohne Moos nix los", sagt er und lacht. Ulf holt eine Kreditkarte aus seinem Etui und gibt sie dem Kellner. „Und runden Sie mal auf volle 50 oder 100 auf."

„Vielen, vielen Dank." Der Kellner verneigt sich kurz und verlässt den Tisch. „Aber der Schlehenbrand geht aufs Haus", ruft Müller ihm hinterher und schaut zu Ulf und Donna. „Und wenn ihr das nächste Mal auf der Insel seid, dann wohnt ihr bei uns. Schließlich haben wir auch ein Hotel."

„Warum nicht?", antwortet Ulf, wirft Donna einen Blick zu und nimmt sein Glas um mit Müller anzustoßen. Der Kellner kommt

zurück, reicht Donna ihren Espresso, lässt sich von Ulf den Ab-
rechnungsbeleg unterzeichnen und verabschiedet sich dann. Donna
nippt an ihrem Espresso und zeigt dabei mit ihrem Finger auf ihre
Armbanduhr, um Ulf zu signalisieren, dass sie jetzt gehen möchte.
Aber auch Müller hat die Geste registriert, greift zu der auf dem
Tisch stehenden Flasche, prüft genau wie schon vorhin der Kellner
mit einem Blick gegen das Licht den Inhalt und entscheidet dann:
„Den schaffen wir noch. Und dann ist auch gut für heute." Er
schenkt noch einmal die Gläser voll. Ulf und Müller trinken ihren
Schnaps, Donna ihren Espresso und schließlich verabschieden sich
die drei und verlassen gemeinsam das Lokal.

Am nächsten Morgen sitzen Amy und Helen schon beim Frühstück, als Donna den Raum betritt, gleich zum Buffet eilt und sich
dann an den Tisch setzt. „Guten Morgen. Na, ihr seht ja gut erholt
aus. Und? Was machen wir Weibsen denn heute?", fragt sie rhetorisch.

Ulf steht derweil im Badezimmer und beendet gerade seine eigentlich schon seit vierzehn Tagen fällig gewesene Rasur. Er spült
den Rest der Seife ab und mustert sich im Spiegel. „Na ja. Die Jahre sieht man doch", bemerkt er mit gesenkten Mundwinkeln. Er
betrachtet sich in dem kleinen Rasierspiegel, der das Gesicht ver-
größert, weicht mit dem Kopf zurück und wieder vor und dreht ihn
nach links und rechts. Seine Miene erhellt sich, er lächelt sich zu.
„Aber nicht alle", sagt er zufrieden und benutzt sogleich die ihm
am Heiligen Abend von Amy mit den Worten: „Damit du der fri-
scheste alte Sack der momentanen Männerwelt bleibst" überreichte
Creme. Diese klopft er sich, sowohl als Massage als auch als leichte Anerkennung gemeint, auf die rasierten Stellen, auf Stirn und
Wangen. Er denkt an Amy. „Diese ehrliche Ironie hat sie von dir",
bemerkt er lächelnd. Zwar wirkt das manchmal auf andere etwas
frech und vorlaut, aber Ulf gesteht sich ein, dass er das mag. „Die
lässt sich nichts gefallen. Gut so, sehr gut", murmelt er schmunzelnd und reibt sich wegen der verbliebenen Creme die Hände.
Dann blickt er zur Uhr, zieht sich hastig an, und rennt die Treppen

zum Foyer hinunter, wo er auf Amy, Donna und Helen trifft, die wetterfest ausgerüstet gerade das Hotel verlassen wollen.

„Hey, kein Abschied, oder was?", fragt Ulf. „Zehn Jahre, glatte zehn Jahre jünger", schwärmt Amy und zeigt auf Ulf. „Und wenn die Creme erst mal richtig gewirkt hat, bringt das noch mal fünf Jahre."

„Was macht ihr heute?", erkundigt sich Ulf. „Großes Weibergeheimnis!", antwortet Donna. Die drei Damen drücken Ulf nacheinander einen Kuss auf die Wange, dann verlassen sie winkend das Hotel. Ulf schaut ihnen nach und geht dann in den Frühstücksraum, wo die Mitarbeiter bereits den Rest des Frühstücksbuffets abbauen und die Tische für das Mittagessen eindecken. Ulf guckt zunächst überrascht, dann erblickt er die ihm schon gut bekannte Serviererin mit dem unverkennbaren Hamburger Dialekt.

„Aber 'n Kaffee und 'n Brötchen krieg ich noch", formuliert er fragend. Die Serviererin zeigt mit dem Arm auf einen kleinen Tisch in der Ecke des Raumes. „Ihre Damen haben Ihnen alles hingestellt. Den Kaffee bringe ich frisch", sagt sie freundlich lächelnd und geht den Kaffee holen. „Womit habe ich das bloß verdient?", denkt Ulf, setzt sich zufrieden schmunzelnd an den Tisch und beißt herzhaft in ein Brötchen.

Amy, Donna und Helen laufen derweil am Strand entlang. Ein Jack Russel Terrier hat sich zu ihnen gesellt und Amy ein Stöckchen vor die Füße gelegt. Als Amy nicht sofort reagiert, wird sie von dem Hund durch massives Bellen geradezu genötigt, den Stock zu werfen. Doch genauso schnell wie der Stock fliegt, wird er von dem Hund wieder zurücktransportiert und mit einer erneuten, durch lautes Bellen und Winseln ausgedrückten Aufforderung, wieder vor die Füße gelegt. Amy bückt sich, um den Hund zu streicheln. Doch der signalisiert ihr: „Fass mich nicht an. Wirf den Stock." Amy versteht die Hundesprache und ist daher in der nächsten halben Stunde damit beschäftigt, den weißen, mit braunen und schwarzen Flecken gezeichneten, Terrier bei Laune zu halten, während Helen und Donna eingehakt und intensiv plaudernd den Strand in Richtung Norden entlanglaufen. Als der Hund dann entscheidet, dass es nun genug sei, geht er mit seinem Stöckchen im Maul einfach wieder in Richtung Westerland, schaut sich um und findet ein neues Opfer, das wiederum durch massives Bellen aufgefordert wird, das Stöckchen zu werfen.

„Wo ist denn der Hund geblieben?", fragt Helen, als Amy sich wieder zu ihnen gesellt. „Ist 'ne Hündin", antwortet Amy und fügt hinzu: „Ihr wisst doch, wie das ist. Geht 'ne Zeitlang gut, dann wird es langweilig und man sucht sich 'nen Neuen."

„Na, du kennst dich ja schon richtig gut aus", grinst Donna und fragt: „Laufen wir bis Kampen?" Helen und Amy schauen sich an. „Gern, aber nicht am Strand", bemerkt Helen. „Man kann doch da so schön durch den Wald und dann durch diese „heather", wie sagt ihr noch auf Deutsch, laufen?"

„Heide!", rufen Amy und Donna zeitgleich. Sofort wechseln die drei vom Strand auf die windgeschützte Seite des Deiches und gehen dann durch Wenningstedt, wo sie einen heißen Tee trinken, am Dorfteich vorbei den Weg durch die Heide nach Kampen.

Ulf trifft sich derweil mit Chrischan, Kai und Peter wie in jedem Jahr in derselben rustikalen Kneipe in der Friedrichstraße. Die Männer begrüßen sich und quatschen dabei alle wild durcheinander. „Lange nicht gesehen", „Wo sind die Haare?", „Wirst auch nicht jünger" sind die zur Begrüßung geäußerten Feststellungen. Während sie sich an ihren Tisch setzten, beginnt Kai bereits zu organisieren: „Also Männer, mal kurz zum Ablauf. Wie lange habt ihr Zeit?" Peter schaut in die Runde. „Also, ich hab heut' Ausgang bis zum Wecken."

„Kein Limit", sagt auch Chrischan und Ulf möchte wissen: „Wat soll die Frage. Das ist doch unser Tag, oder?" Kai nickt. „Gut so, wollt ich nur noch mal bestätigt haben. Aber bevor wir anfangen, noch 'ne Frage. Was ist mit Silvester?"

„Jo, gute Frage. Aber wir haben noch nix Genaues geplant. Wir bleiben wahrscheinlich zu Hause. Also, wenn ihr wollt, kommt vorbei. Platz ist ja genug. Aber die Kinder sind auch da", ergreift Chrischan das Wort. „Jo, wir haben unsere auch mit. Ich schnack das durch", fügt Kai hinzu, während Peter nur zustimmend nickt.

„Darf ich noch jemanden mitbringen?", fragt Ulf. „Wie, bleiben deine Mädels doch so lange hier?", will Chrischan wissen. „Nee, das nicht. Helen düst morgen schon wieder ab, Donna und Amy am Dreißigsten", bemerkt Ulf.

Chrischan schaut kurz zu Peter und Kai, dann wieder zu Ulf. „Oh, noch wat Neues?"

Ulf zuckt mit den Schultern. „Weiß ich noch nicht, könnte aber sein." Chrischan schaut generös in die Runde. „Jo, bring einfach mit." Dann nickt er, holt sein Handy heraus, tippt kurz und spricht: „Also, denn Silvester bei uns. Die Jungs kommen vorbei. Wir sind dann mit uns so ungefähr fünfzehn, sechzehn Leute. Sag schon mal bei dem Catering Bescheid, die sollen uns was machen."

„Was Rustikales. Null Gedöns!", bemerkt Kai in Richtung Chrischans Handy, um dann bei der an den Tisch kommenden Kellnerin „Erstmal vier Pils. Und 'n Zettelblock und 'n Stift" zu bestellen. Während Chrischan sein Gespräch beendet, greift Kai in seine über dem Stuhl hängende Jacke und legt ein kleines Päckchen auf den Tisch. „Und die Karten hab ich mitgebracht. Weihnachtsgeschenk. Aber Petra sagt, nicht nur für mich. Da habt ihr alle wat von."

Jetzt mischt sich auch der sonst eher ruhige und mitunter etwas wortkarg wirkende Peter ein: „Wo sie recht hat, hat sie recht." Kai packt die Karten aus und reicht sie Peter, der sofort beginnt, das Blatt zu mischen. Die Kellnerin legt den Block und den Stift auf den Tisch, und während Peter die Karten austeilt, serviert sie auch die Biere.

„Prost unterbricht alles!" Mit diesem lautstarken Kommando greift Chrischan als Erster zu seinem Bier. Die Männer stoßen an, trinken und beginnen dann ihr den ganzen Tag andauerndes, von Kai einmal als Weihnachtsturnier tituliertes, Zusammentreffen.

Belinda schlendert lustlos durch Westerland. Irgendwie hatte sie sich den Verlauf ihres Aufenthaltes anders vorgestellt. Dass Birgit sich so kurzfristig entschieden hat, zu ihrer Tochter zu fahren, kann sie ja noch verstehen. Schließlich ist sie selbst Mutter von zwei Töchtern. „Und wahrscheinlich muss sich Birgit auch ein wenig nach ihrer Tochter richten", denkt sie sich. „Ist ja nicht jede so wie du", überlegt sie weiter, um sich dann aber auch klar darüber zu werden, dass sie sich eigentlich über Ulf ärgert, der doch so groß angekündigt hat, man könne sich in Westerland doch gar nicht verfehlen und werde sich bestimmt über den Weg laufen. „Und jetzt ist von ihm weit und breit nichts zu sehen." Belinda überlegt, eine Kneipe zu betreten. „Aber er hat doch gar nichts Schlimmes getan. Es sind doch deine eigenen Gedanken, die dich ärgern", schießt es ihr erneut durch den Kopf und so verwirft sie ihren Gedanken, irgendwo hinein zu gehen. „Du wolltest dir doch den Kopf freipusten lassen. Also stell dich in den Wind", fordert sie sich auf und geht dann durch die Friedrichstraße an der rustikalen Kneipe vorbei zum Strand, wobei sie beim Passieren der Eingangshäuschen ganz bewusst nicht in Richtung des Fensters guckt, in dem sie Ulf mit seinen Begleiterinnen gesehen hat. Stattdessen lässt sie ihren Blick ganz gezielt nur über die vor ihr tobende Nordsee schweifen, steigt die Stufen hinab zum Strand, schaut auf das Wasser und überlegt. „Nach links oder nach rechts?" Sie muss sich entscheiden. „Geradeaus geht ja nicht. Da kommt erst Helgoland, dann England, dann irgendwann Amerika", denkt sie und bemerkt, dass sie endlich mal wieder ein wenig schmunzelt. Sie versucht, einen Blick auf die sich hinter einer dicken Wolkendecke versteckende Sonne zu werfen, schaut kurz auf ihre Armbanduhr und läuft dann lange in Richtung Süden. Erst, als es langsam dunkel wird, verlässt sie den Strand, geht zurück in ihr Appartement, ruft ihre Töchter an, öffnet sich eine Flasche Rotwein und versucht dann in eine Wolldecke gewickelt mithilfe des Fernsehprogramms etwas Ablenkung zu finden.

Helen, Donna und Amy haben nach ihrem langen Marsch im Kampener Dorfkrug zu Mittag gegessen, sind dann weiter zur „Whiskymeile" gegangen und haben sich dort noch einen Kaffee und ein Stückchen Kuchen gegönnt. Abschließend sind sie dann mit dem Taxi nach Westerland zurückgefahren. Sie lassen sich an der Kreuzung Elisabeth-/Friedrichstraße absetzen und gehen in Richtung Hotel, bleiben dann aber vor der rustikalen Kneipe stehen.

Die Männer haben ihr Kartenspielen inzwischen eingestellt. Sie sitzen am Tisch, trinken und quatschen. Donna und Amy schauen von außen ins Lokal und erblicken die Männer. Helen steht etwas abseits. „Da gehen wir aber nicht mehr rein. Für heute habe ich genug gegessen und auch getrunken."

„Aber lauschen würde ich schon mal gern", gesteht Amy. Donna sieht kurz zu Helen, dann entscheidet sie: „Doch. Wenigstens „Guten Abend" sagen sollten wir. Außerdem, ich hab die anderen auch so lange nicht gesehen." Helen beugt sich der Entscheidung und so betreten die drei das Lokal, nehmen ihre Mützen ab und treten an den Tisch der schon sichtlich angeschlagenen Männer, die sie sogleich begrüßen. Amy setzt sich zu Ulf, drückt ihn liebevoll und streicht ihm dann mit dem Handrücken über die Wange: „Ei, so schön weich, mein Alter."

Ulf schaut stolz auf seine Freunde, die schnell dafür sorgen, dass auch Donna und Helen sich setzen können. „Ihr bleibt!", entscheidet Kai und fragt: „Was wollt ihr trinken?"

„Na gut, auf ein Bier bleiben wir!", antwortet Donna, während Amy sich eine kleine Cola bei der Kellnerin bestellt, die von Chrischan listig angelächelt wird. „Jo, mehr ist nämlich nicht mehr drin. Hab beim Zocken alles vergeigt."

Peter streicht Chrischan über den Kopf. „Nu mach dir man nicht ins Hemd. Den Rest des Abends zahlen wir für dich. Hauptsache, du bleibst noch."

Während Chrischan in die Runde nickt, bringt die Kellnerin die Biere und für Amy die Cola. Sie prosten sich zu, wünschen „Fröhliche Weihnachten, einen guten Rutsch" und auch ein „Happy New Year" ist zu hören. Aber gleich nachdem die Damen ihre Getränke geleert haben, drängt Helen zum Aufbruch: „Ist mein letzter Abend heute mit den Ladys. Ulf seh ich ja morgen noch."

Sie verabschieden sich und verlassen das Lokal, worauf hin die Männer, außer Kai, der gerade mit einem Schluckauf kämpft, sofort beginnen, über Ulfs Damenwelt zu reden. Peter beugt sich zu ihm: „Du, die Amy ist ja 'n richtig flotter Feger geworden. Mann, Mann, Mann. Da stehen die Kerle doch bestimmt Schlange. Da brauchst mal glatt 'n Schrotgewehr, um die alle abzuwimmeln." Auch

Chrischan lehnt sich zu ihm herüber: „Dddu, deine Donna, dddie hätte ich mal eher kennen lernen sollen, …dddu." Chrischan bufft Ulf freundschaftlich vor die Brust, während Kai weiter vor sich hin hickst und Ulf ein weiteres Mal die Kellnerin herbeiwinkt: „Dürre an Tisch eins!"

Zu diesem Zeitpunkt hat sich Belinda schon ins Bett begeben, um am nächsten Morgen noch vor dem Hellwerden zum Bäcker zu gehen und sich frische Brötchen zu holen. „Das gute Brot hier habe ich in den USA vermisst", erinnert sie sich, nimmt noch eine Zeitung mit und geht zurück ins Appartement, um ausgiebig zu frühstücken und die Zeitung zu lesen.

Auch Helen, Amy und Donna frühstücken, während Ulf heute etwas länger braucht, um den Weg aus dem Bett über das Badezimmer in den Frühstücksraum zu finden, wo die Damen sich bereits wieder in reger Unterhaltung befinden. „Störe ich?", fragt Ulf und setzt sich an den Tisch. „Kaffee, Herr Bernsen?", erkundigt sich die sofort an den Tisch geeilte Serviererin mit dem Hamburger Akzent. Ulf blickt zu ihr. „Nee, mien Deern", antwortet er genau so breit hamburgisch. „Spezialauftrag. Ich brauche mal 'ne Suppe. So 'ne richtig kräftige Brühe irgendwie."

„Irgendwie", wiederholt die junge Dame nickend und eilt in die Küche. „Ist dir nicht gut?", fragt Donna. „Na ja, so spät wie im letzten Jahr war es diesmal nicht, aber irgendwie doch ziemlich intensiv – hatte ich zumindest den Eindruck", fügt sie hinzu. Ulf winkt nur ab und atmet einmal tief ein und aus. „Eigentlich war alles gut. Aber dann kamen da noch zwei Freunde von Chrischan, mit denen haben wir denn noch zwei Schnäpse getrunken. Na ja, das war's denn aber auch."

Die junge Hamburgerin kommt an den Tisch: „Sie können wählen, Herr Bernsen. Entweder 'ne klare Tomatensuppe oder 'ne kräftige Rinderconsommé. Die empfiehlt übrigens unser Küchenchef. Der ist gestern auch trinktechnisch verunglückt." Amy lacht laut los. „Hey, du hast ja heiße Sprüche drauf. „Trinktechnisch verunglückt" klingt ja so was von cool. Echt. Das ist ja der Hammer."

Helen und Donna schauen sich an, auch Ulf blickt in die Runde. Die Serviererin fragt: „Was soll ich Ihnen denn nun holen?" Ulf nickt, atmet noch einmal aus, dann bestellt er: „Eine große Flasche Mineralwasser, Eiswürfel, die Rinderbrühe und 'nen doppelten Espresso. Und dann sehen wir weiter."

„Na geht doch", antwortet die Kellnerin, blinzelt den Damen am Tisch zu und eilt davon.

Nachdem Ulf dann über einen längeren Zeitraum sein Frühstück einnimmt, gehen die Damen in Helens Zimmer, um den Koffer zu packen und sich weiter zu unterhalten. Ulf schaut nach seinem Frühstück sehr genau auf das Namensschild der jungen Kellnerin und liest laut: „S. Bensen."

„Ach, deswegen können Sie sich meinen Namen so gut merken", fügt er an und steckt ihr einen Zehneuroschein zu. „Wofür steht denn das S?", fragt er. „Für Speedy!", entgegnet sie und bedankt sich mit einem breiten Lächeln sowie einem ganz kleinen, kaum wahrnehmbaren Knicks und spricht weiter: „Weil ich so schnell bin! Nee, Spaß beiseite. Stefanie. Das S steht für Stefanie."

„Kannst du eigentlich schon wieder fahren?", vernimmt Ulf und schaut zu der verschmitzt blickenden Donna, die ihm seine dicke Jacke, Schal und Mütze reicht. Ulf zieht sich an und fummelt aus der Jackentasche den Autoschlüssel hervor. „Das geht schon. So schlimm war es nun auch wieder nicht. Nur lange eben", schmunzelt er und schiebt sich ein Kaugummi in den Mund. „Willst du mit?", fragt er. Donna schüttelt den Kopf. „Wir haben uns schon verabschiedet. Ich mache jetzt mit Amy einen ausgiebigen Mutter-Tochter-Tag." Noch einmal drückt sie Helen, die dann mit Ulf, der Helens Koffer zieht, zum Auto geht und sich von ihm zum Flughafen fahren lässt. „Musst nicht mit reinkommen", versichert Helen nach der überwiegend schweigend verlaufenden Fahrt bei der Ankunft. „Setz mich einfach vor der Halle ab." Ulf fährt ganz langsam auf das Gelände, stoppt genau vor dem Eingang der Abflughalle, öffnet per Knopfdruck den Kofferraum und springt dann schnell aus dem Auto, um Helen beim Aussteigen zu helfen. Noch einmal umarmen sie sich. „Alles Gute, my Ulf Darling. Und vielen, vielen

Dank. Es war sehr schön. Pass auf meine Girls auf, hörst du", mahnt Helen. „Mach's gut, Helen, my love. Alles Gute. Bis zum nächsten Jahr", erwidert Ulf und übergibt Helen ihren Trolley. Noch einmal lächelt sie ihn an, um dann mit bedächtigen Schritten, sich nicht mehr umschauend, das kleine Abflugterminal zu betreten. Ulf lässt den Deckel des Kofferraumes zuschnappen, schaut ihr lange nach und sieht, wie Helen sich mit dem Handrücken kurz über ihre Augen wischt, was auch bei ihm eine tiefe Emotion auslöst. Er steigt ins Auto, atmet tief durch und wischt sich ebenfalls mit dem Handrücken über die Augen.

Dann startet er den Bentley und fährt los. „Erst mal zu Chrischan. Wegen des Autos", denkt er laut nach und stellt das Autoradio lauter, denn dort läuft gerade „Itchykoo Park" von den Small Faces. Ulf schmunzelt und singt laut mit. Und auch beim nächsten Lied, „Pictures of Matchstick Men" von Status Quo, kennt er jede Textzeile und singt sie in voller Lautstärke mit. Er fährt sogar noch einen kleinen Umweg, um auch noch den nächsten Song, „Ob-la-di Ob-la-da" von den Beatles, zu Ende zu hören. Dann rollt er auf Chrischans Grundstück, stellt den Wagen vor die Garage und steigt aus.

„Moin. Wollt den Wagen zurückbringen", begrüßt er den ihm entgegenkommenden Chrischan, der sich über den Kopf wuselt und in Erinnerung an den gestrigen Abend leicht die Augen verdreht.

„Kannst behalten. Ich brauch den nicht. Hier mit den Kindern haben wir den Van. Und Vadders Aston ist ja auch noch hier. Behalte ihn einfach, solange du da bist. Denn kannst du deine Deerns noch 'n bisschen rumkutschieren." Ulf bedankt sich und reicht Chrischan die Hand. „Und sonst?", fragt er.

„Jo, die Rübe räuchert noch ganz schön. Aber gibt gleich Mittagessen, danach hau ich mich noch mal aufs Ohr, dann wird das schon", entgegnet Chrischan, drückt Ulfs ausgestreckte Hand und geht mit einem „Doch zu kalt hier draußen ohne Mütze" wieder ins Haus. Ulf nickt ihm hinterher, steigt dann in den Wagen und fährt wieder los, um dann festzustellen, dass das Radioprogramm gewechselt hat und nun gerade Rap gespielt wird. Sofort stellt er das Radio leise und schüttelt den Kopf. „Da singe ich lieber selber."

Und schon grölt er bestens gelaunt vor sich hin: „Get your motor runnin'. Head out on the highway …" Er beschleunigt den Bentley, erreicht nach kurzer, eigentlich viel zu schneller Fahrt Westerland und singt weiter: „Looking for adventure. In whatever comes our way. Yeah, darlin'. Gonna make it happen. Take the world in a love embrace …"

Gerade als er voller Inbrunst den Songtitel „Born To Be Wild" schmettert und ihn noch einmal wiederholt, erblickt er am Straßenrand Belinda. Ulf fährt ganz langsam, er hupt und winkt, doch Belinda schaut in eine ganz andere Richtung. Ulf fährt weiter, sucht nach einer Haltemöglichkeit, parkt dann in einer Einfahrt, springt blitzschnell aus dem Auto und rennt zurück zu der Stelle, wo Belinda eben noch stand. Doch die ist nirgendwo zu sehen.

Ulf blickt eine Weile umher und geht dann zurück zum Auto. Er überlegt und vernimmt ein wildes Gehupe, denn aus der von ihm zugeparkten Einfahrt möchte jemand herausfahren. Ulf verneigt sich, als Entschuldigung wie ein Torero die Mütze ziehend, vor dem Auto und steigt ein. Auf dem Hotelparkplatz angekommen, springt er hastig aus dem Wagen und beginnt, suchend durch die Friedrichstraße zu laufen. Seine Schritte werden schneller, er geht in die Strandstraße und sieht dort schließlich Belinda in einem Laden stehen. Ulf fährt sich überlegend mehrfach mit der Hand über den Mund. Dann ruckelt er kurz mit dem Oberkörper und betritt entschlossen den Laden.

Belinda probiert dort gerade eine Jacke an. Sie steht vor dem Spiegel und dreht und wendet sich. Ulf nickt der Verkäuferin als Begrüßung zu und beobachtet dabei Belinda, die nur Augen für ihr Spiegelbild hat und ihn gar nicht wahrnimmt. Dann schaut Ulf sich im Laden um, greift blitzschnell einen Mantel aus dem Regal, tritt zu Belinda und hält ihr den Mantel hin. „Probieren Sie den mal. Der müsste Ihnen sehr gut stehen." Belinda schaut ihn erschrocken an. „Wo kommen Sie denn her?"

„Durch die Tür", antwortet Ulf mit listig hochgezogenen Augenbrauen, schaut kurz in Richtung Eingang, dann wieder zu Belinda und sagt sehr bestimmend: „Probieren Sie mal den Mantel. Der passt besser zu Ihnen als die Jacke." Die Verkäuferin beobachtet etwas verlegen die Szene. Sie weiß nicht so recht, was sie tun soll. Auch Belinda überlegt kurz, legt dann aber die Jacke ab, reicht sie der Verkäuferin und zieht den von Ulf gehaltenen Mantel an. Ulf nickt, greift dann blitzschnell nach einem auf einer Vitrine liegenden Schal und reicht ihn Belinda. „Der gehört unbedingt dazu", sagt er schmunzelnd. Belinda lächelt ebenfalls, legt den Schal um und betrachtet sich im Spiegel. Sie strahlt.

„Perfekt. Oder?", fragt Ulf die Verkäuferin ohne wirklich eine Antwort zu erwarten. Doch die nickt erstaunt und schaut erst ihn anerkennend an, dann Belinda. „Stimmt. Das sieht wirklich toll aus." Ulf grinst: „Na, sag ich doch. Den nehmen wir", entscheidet er und vernimmt dann Belindas überrascht klingendes: „Wie? Den nehmen wir? Noch entscheide ich, was ich mir kaufe!" Ulf lächelt sie an: „Das soll auch immer so bleiben. Aber Sie haben nicht darüber zu entscheiden, was ich Ihnen zu Weihnachten schenke", entgegnet er und setzt wieder seinen verschmitzten Blick mit den hochgezogenen Augenbrauen auf.

Während Belinda überlegt, ob sie die ganze momentan stattfindende Aktion einfach unterbrechen soll, holt er eine Kreditkarte aus seinem Etui und gibt sie der Verkäuferin. „Packen Sie die alte Jacke bitte ein. Den Mantel behalten wir gleich an. Wenn Sie freundlicherweise nur noch die Schilder da abschneiden würden", bittet er die Verkäuferin. Dann nimmt Ulf Belinda, die sich über die gebotene Abwechslung zwar freut, sich gleichzeitig aber irgendwie auch unwohl fühlt, in den Arm und stellt sich mit ihr vor einen Spiegel. „Schauen Sie uns beide jetzt mal an. Sie mit dem tollen Mantel, der passt hervorragend zu meiner Jacke. Ist die gleiche Machart. Passt doch klasse, wir beide. Oder?"

Belinda ist irritiert, während die Verkäuferin Ulf mit einem „Unterschreiben Sie mir bitte noch den Bon" seine Kreditkarte zurückgibt. „Sehen Sie, und berühmt bin ich auch. Man bittet mich sogar um ein Autogramm", sagt er schelmisch grinsend, steckt die Karte in sein Etui und fingert eine Visitenkarte heraus, die er sogleich Belinda gibt. Belinda steckt ohne weitere Beachtung seine Visitenkarte in ihre Telefonhülle, schüttelt zu Ulf blickend den Kopf und lächelt. Der schnappt nach der Tragetasche mit Belindas Jacke.

„Kommen Sie, jetzt trinken wir erst mal 'nen Tee." Er legt seine Hand auf Belindas Rücken und dirigiert sie so nach draußen, während die Verkäuferin ihnen ein „Vielen Dank auch. Und guten Rutsch" hinterher ruft.

Donna und Amy toben derweil im Schwimmbad des Hotels, dann gehen sie in die Sauna und setzen sich auf ihre ausgebreiteten Handtücher. „Ach, ist das herrlich. Mal zwei Tage einfach nichts tun. Einfach nur abschalten. Keine Termine. Toll. Schön, dass Ulf so viel Verständnis hat."

„Feierst du Silvester eigentlich mit Tommy?", fragt Amy. Donna beugt sich vor und wischt sich den Schweiß von Gesicht und Körper. „Weiß ich noch nicht so genau. Aber eigentlich ja. Haben wir jedenfalls so abgemacht. Na ja, mal sehen ..."

„Ist doch nicht so das Pralle mit ihm, hä?", hakt Amy nach. Donna verzieht das Gesicht: „Weiß auch nicht ..." und richtet sich wieder auf. „Und was machst du Silvester?", will sie wissen. Auch Amy verzieht das Gesicht. „Mama, das weißt du doch. Wie immer. Wir sind bei Carsten. Wenn nichts dazwischenkommt." Donna sieht Amy nachdenklich an und nickt. Dann erhebt sie sich langsam, verlässt die Sauna, stellt sich unter die Schwallbrause und lässt lange das kalte Wasser über ihren Körper laufen.

Belinda und Ulf sitzen in einem Café in der Friedrichstraße, trinken heißen Tee und haben sich etwas Gebäck bestellt, an dem sie knabbern. Belinda schaut ihn schweigend an. „Was gucken Sie denn so?", wundert sich Ulf. „Ich dachte, Sie würden sich freuen, mich wiederzusehen. Ich habe Ihnen doch gesagt, dass man sich hier in Westerland gar nicht verfehlen kann. Und nun haben wir uns wieder getroffen, aber ich habe irgendwie den Eindruck, Sie scheinen sich darüber gar nicht so richtig zu freuen."

„Ich habe eigentlich gedacht, Sie wären allein auf der Insel", sagt Belinda und versucht, ihre immer wieder aufkommenden negativen Gedankengänge der letzten Tage hinter sich zu lassen. Aber sie ärgert sich nach wie vor, dass sie die Weihnachtstage so allein verbringen musste, während Ulf ja in bester Gesellschaft war, wie sie findet.

Sie überlegt kurz, dann schaut sie ihm direkt ins Gesicht. „Ich habe Sie gesehen. Beim Essen. Oder besser gesagt, beim Dinieren", erklärt sie in einem vorwurfsvoll klingenden Tonfall. Ulf überlegt, dann entgegnet er: „Ah ja, verstehe, Sie meinen bei Müller, am ersten Feiertag. Waren Sie da auch? Habe Sie gar nicht gesehen." Belinda schluckt schwer, sie hält ihre Tasse permanent mit beiden Händen am Mund, nippt ein paar Mal an ihrem Tee und sagt dann etwas schnippisch: „Ich stand draußen."

„Und warum sind Sie nicht reingekommen?", erkundigt sich Ulf, der genau spürt, dass eine von Belinda ausgehende ungeheure Spannung in der Luft liegt. Die stellt ihre Tasse ab. „Na, ich wollte Ihr Tête-à-Tête doch nicht stören." Ulf will gerade trinken, er prustet, setzt die Tasse ab. „Mein was bitte?"

„Na, Ihr Tête-à-Tête. So nennt man das doch, oder?", fragt Belina. Ulf zuckt mit den Schultern. „Das kommt darauf an, was Sie meinen."

„Na ja, traute Zweisamkeit", erklärt Belinda und bemerkt, wie der in ihrem Hals gespürte Kloß sich noch dicker anfühlt. Ulf ruckelt kurz mit dem Oberkörper, er sammelt seine Gedanken. „Ach. Und wie nennen Sie dann unser Zusammensein hier. Auch Tête-à-Tête?"

„Also, das ist aber doch wohl etwas ganz Anderes", sagt Belinda entrüstet. Ulf versucht zu lächeln. Es amüsiert ihn ein wenig, wie Belinda seine Weihnachtessen mit Donna interpretiert, gleichzeitig ist es ihm aber enorm wichtig, die Ungereimtheiten zu klären. „Ist die Dame vielleicht schon abgereist?", legt Belinda nach. „Und ich soll jetzt die Nächste sein, oder wie?", sprudelt es aus ihr heraus. Ulf überlegt, er sucht nach den richtigen Worten, schaut lange auf Belindas Hände und ihr dann ganz fest in die Augen. „Nein, nein, die Dame ist noch nicht abgereist. Die bleibt sogar noch bis zum Dreißigsten."

Belinda ist erstaunt. „Ach. Das sagen Sie mir einfach so? Sie bleibt noch bis zum Dreißigsten. Und dann?" Belinda redet sich in Rage: „Also ehrlich, ich verstehe Sie nicht. Sie schenken mir einen

Mantel. Wir gehen Tee trinken. Und dann geben Sie mir zu verstehen, dass Sie quasi ab dem Dreißigsten frei sind. Für wen halten Sie mich eigentlich?"

Ulf duckt sich unterwürfig und schaut Belinda von unten nach oben an. Ganz behutsam antwortet er: „Für jemanden, der die Zusammenhänge deutet, ohne sie genau zu kennen." Belinda schaut ihn an, wendet sich seitwärts auf ihrem Stuhl, schlägt die Beine übereinander und zeigt Ulf ihre „kalte Schulter". Ulf richtet sich wieder auf und holt sein Handy heraus. „Entschuldigung. Das muss jetzt sein", erklärt er Belinda, die nun auch noch ihren Blick von ihm abwendet. Ulf tippt zweimal auf sein Handy, lauscht dann und verdreht die Augen.

„Ach Mensch, ihr Mäuse. Wo seid ihr denn. Na gut, meldet euch", spricht er ins Telefon und steckt es wieder weg. „Keiner da. Na ja. Werden sich schon melden", räumt er ein und vernimmt Belindas wieder auf ihn gerichteten, allerdings noch ziemlich mürrischen Blick. Ulf atmet tief durch. „Also, wir machen Folgendes: Wir beide gehen jetzt mal ans Wasser. Und dann beschließen wir, was wir heute Abend unternehmen. Einverstanden?", fragt er. Belinda guckt weiterhin mürrisch, sagt aber nichts. Ulf erhebt sich und zahlt bei der Kellnerin am Tresen, dann hilft er Belinda in ihren Mantel, nimmt die Tüte mit der alten Jacke und geht mit Belinda in Richtung Strand.

Er will Belinda einhaken, doch die löst sich und geht mit leichtem Abstand neben ihm. So passieren sie den Durchgang zum Strand, wo Ulf ein weiteres Mal sein Handy aus der Tasche zieht, stehen bleibt und tatsächlich telefoniert, während Belinda einfach weitergeht. Er beendet das Gespräch, geht zu Belinda, die mit einigem Abstand zu ihm doch gewartet hat und hakt sich bei ihr ein. Diesmal lässt sie es zu und geht mit ihm ein Stück am Strand entlang. Dann bleiben sie eingehakt stehen und schauen auf das tobende Meer.

Belinda schaut Ulf an und signalisiert ihm, dass ihr kalt ist. Ulf legt seinen Arm um ihre Schultern, reibt dann mit der Hand über ihren Rücken und dirigiert Belinda mit einem Blick Richtung Strandausgang. „Wieso lässt du das eigentlich zu?", fragt sich

Belinda und wundert sich über sich selbst. „Eigentlich müsstest du jetzt gehen", denkt sie, spürt aber irgendwie auch eine Neugierde in sich, wie sich die momentane Missstimmung wohl aufklären wird.

Sie gehen durch die Friedrichstraße, biegen in die Bismarckstraße und betreten dort ein Restaurant. „Ulf Bernsen. Wir haben einen Tisch reserviert. Für vier Personen", sagt Ulf, die „Vier" besonders betonend zu der ihm entgegeneilenden Mitarbeiterin, die ihnen ihre Garderobe abnimmt und sie dann zu einem Tisch führt, wo sie sich gegenüber hinsetzen.

Jetzt ist es Belinda, die mit dem Oberkörper ruckelt und Ulf dadurch ein gewisses Unwohlsein signalisiert. Fragend schaut er sie an. „Ich weiß gar nicht, warum ich das tue", äußert Belinda ihre momentane Stimmungslage. „Was wissen Sie nicht?", erkundigt sich Ulf.

„Na ja, auf was ich mich da einlasse", entgegnet sie.

„Auf was lassen Sie sich denn groß ein, hä?", fragt Ulf rhetorisch und fügt hinzu: „Ich will Ihnen doch nur meine Tochter vorstellen", Belinda sieht erstaunt zu Ulf. „Tochter, aha", sagt sie kaum hörbar.

Genau in dem Moment betreten Amy und Donna das Lokal und geben ihre Garderobe ab, wobei Amy in Richtung Ulf und Belinda winkt.

„Die kenn ich", sagt die doppelt erstaunte Belinda beim Anblick von Amy, woraufhin Ulf, der mit dem Rücken zum Eingang sitzt, sich umdreht und dabei fragt: „Wen?"

Belinda ist ganz aufgeregt. „Na, die Kleine, die da winkt. Amy heißt sie."

Ulf dreht sich wieder zu Belinda. Er ist völlig baff. „Wie, Sie kennen Amy?"

„Ja, und ihre Oma. Helen. Wir waren neulich bei Gosch, Brötchen und Rösti essen", erklärt sie.

Jetzt ist es Ulf, der verdutzt aus der Wäsche schaut, während Belinda sich erhebt und die auf sie zu eilende Amy herzlich umarmt. Auch Donna schaut überrascht zwischen Ulf und der vor ihren Augen stattfindenden Umarmungszeremonie hin und her. Schließlich begrüßt sie Belinda förmlich und etwas reserviert per

Handschlag. Amy setzt sich neben Belinda, Donna nimmt den Platz neben dem immer noch stehenden Ulf ein.

„Woher kennst du denn unseren Alten?", fragt Amy und klopft dem sich wieder setzenden Ulf auf seine auf dem Tisch platzierten Hände.

„Wie? Er ist dein Alt ..., eeh ... Entschuldigung, dein Vater?", wundert sich Belinda, ungläubig zwischen Amy, Ulf und Donna hin und her schauend, während auch Ulf mit fragenden Augen und vor Staunen geöffnetem Mund zwischen den drei Damen hin und her blickt.

Amy setzt einen listigen Blick auf. „Ja, wenn du so willst, ja!" Belinda schaut verblüfft zu Ulf, worauf der sich mit verschränkten Armen in seinem Stuhl zurücklehnt und einfach wartet, was passiert.

„Und Sie sind die Mutter?", fragt Belinda und blickt zu Donna, die ohne besondere Regung antwortet: „Ja. Ich bin die Mutter von Amy."

Belinda schüttelt den Kopf, sie guckt lange und direkt zu dem immer noch zurückgelehnt sitzenden Ulf, dann wieder zu Donna. „Aber Sie waren doch mit Ulf in dem Restaurant", sagt sie mehr zu sich als zu Donna, die kurz zu Ulf blickt und dann fragt: „Ja?" Sie macht eine Pause, dann antwortet sie erklärend: „Ja! Eigentlich waren wir jeden Abend in einem Restaurant, bis auf den zweiten. Gell, Ulf ..."

„Also, irgendwie versteh ich hier im Moment gar nichts mehr", bekennt Belinda und guckt mit einem flehenden Augenaufschlag, der Ulf signalisiert: „Jetzt klär das doch mal auf hier ..."

Ulf schmunzelt ein wenig, dann beugt er sich vor und legt seine Ellbogen auf den Tisch. Gleichzeitig kommt die Kellnerin an den Tisch, sodass Ulf seine Damen anschaut und zunächst fragt: „Bier oder Wein? Oder was Anderes?"

Amy antwortet als Erste: „'ne Cola, bitte." Belinda und Donna schauen zuerst sich an, dann sehen sie zu Ulf, der, obwohl er noch einmal fragend zurückblickt, keine Antwort erhält und dann einfach selbst entscheidet: „Bringen Sie uns mal eine Flasche Grauburgunder und eine große Flasche Mineralwasser mit wenig Kohlensäure, bitte!"

Während die Kellnerin geht, klärt Ulf Belinda mit ruhigen, bedächtig gewählten Worten auf: „Also. Ich habe Ihnen gesagt, ich stelle Ihnen meine Tochter vor!" Er sieht zunächst Amy und Donna an, dann wieder Belinda. Dabei schmunzelt er. „Eigentlich hätte ich sagen müssen, meine Töchter."

Belinda ist gespannt wie ein Flitzebogen, ihre Blicke rasen zwischen Ulf, Amy und Donna hin und her, während Ulf mit der geöffneten Hand auf Donna zeigt. „Also, liebe Belinda. Das ist meine Tochter Donna." Belinda schaut sprachlos in die Runde. „Mit der war ich bei Müller im Restaurant", fügt Ulf noch hinzu, um die sich androhende Sprechpause am Tisch nicht zu lang werden zu lassen.

„Und im Hotel", ergänzt Belinda, als sie ihre Sprache wiederfindet.

Ulf schaut sie mit großen Augen an. „Hä?"

„Na ja, da hab ich Sie auch gesehen. Gleich am zweiten Abend", erklärt Belinda.

„Wie? Am zweiten Abend?", fragt Ulf etwas verdattert.

„Na, am zweiten Abend auf der Insel. Wir sind doch am selben Tag angekommen. Aber da waren Sie zu dritt", führt Belinda ihre Beobachtungen aus. Ulf nickt mehrfach, jetzt hat er verstanden: „Ja. Genau. Verstehe. Ja, eh, die Dritte war dann Amy. Meine, meine … zweite Tochter."

Belinda blickt fassungslos, aber froh zu Amy. „Wie, auch zwei Töchter? Genau wie ich. Warum haben Sie das denn nicht schon im Zug erzählt? So etwas verbindet einen doch."

Ulf zuckt mit Schultern und denkt an die Zugfahrt, bei der ja eigentlich nur Belinda geredet hat. „Jetzt prahlt er wieder", wirft Amy ein und lehnt sich erklärend zu Belinda herüber. „Er ist mein Opa!", fügt sie mit besonderer Betonung des Wortes „Opa" hinzu.

Die Kellnerin serviert den Wein und übergibt Amy ihre Cola. „Eigentlich bräuchte ich jetzt einen Schnaps", sagt Belinda lächelnd, um dann aber gleich wieder abzuwinken. Sie mustert Ulf und Donna, grübelt ein wenig, dann rutscht ihr heraus: „Sie haben aber früh angefangen, oder?"

Ulf nickt. „Jo. Mit sechzehn. Und hat auch gleich geklappt." Sofort nimmt er Donna voller Stolz in den Arm. „Ist doch was Tolles bei rausgekommen, oder?"

Belinda ist gedanklich schon wieder weiter und wirkt dadurch aber von Neuem ratlos. „Und Helen?", fragt sie Amy. „Das ist doch deine Oma …"

„Jep", bestätigt Amy kurz und schlürft ihre Cola. „ Sie ist die Mutter von Mama."

Belinda sieht Ulf an. Staunend ringt sie nach Worten: „D-d… das heißt, d… d… dass Helen und Sie, also, Sie … die Eltern von, von Donna sind. Also, jetzt bin ich erstmal platt", gesteht sie.

„Und ich habe Hunger", erklärt Ulf. Jetzt lasst uns erstmal etwas zu Essen bestellen. Dabei können wir ja auch reden", entscheidet er und winkt nach der Kellnerin.

Zur selben Zeit registrieren Lennart und Lars, dass nur noch wenige Gäste an ihrem Fischstand sind. „Sag mal, Chef, können wir nicht bald gehen? Ist doch kaum noch jemand da", spricht Lennart seinen Schichtleiter an und ergänzt: „Denn können wir uns noch mal 'n büschen auf der Insel umgucken und frische Luft schnappen."

„Umgucken? Frische Luft schnappen? Ich lach mich schlapp, ihr faulen Säcke. Ich weiß doch genau, was ihr vorhabt. Auf die Piste wollt ihr. Okay, räumt die Tische ab und macht die Bude sauber, dann könnt ihr gehen", gibt der Schichtleiter seine Anweisungen. „Und wehe, ich finde nachher noch irgendwo 'ne Fischgräte, dann putzt ihr hier morgen mit der Zahnbürste", fügt er schmunzelnd hinzu und ist froh, dass er zwei so pfiffige Mitarbeiter für die Festtage gewinnen konnte. „Ist doch gleich 'n ganz annern Schnack. Da gibt man mal zwei Euro mehr die Stunde aus und schon flutscht dat. Muss ich der Chefin mal stecken."

Während Lennart und Lars ihre Arbeitsbereiche reinigen, genießt Belinda das Essen mit Ulfs Familie. Besonders intensiv plaudert sie mit Amy. „Also, man könnte denken, dass ihr euch schon jahrelang kennt", befindet Donna. „Na ja, meine Töchter sind im selben Alter. Und wir verstehen uns auch sehr gut", erklärt Belinda.

„Das merkt man", fügt Amy ein und rügt Ulf: „Und du, sagst gar nichts im Moment, oder wie?"

Ulf schaut erschrocken auf. „Ich lasse mir einfach nur mein Essen schmecken", antwortet er und tadelt, wenn auch im Spaß, seine Amy: „Und du solltest einfach auch mal darauf achten, dass du bei deinen beliebten Sprechspeisen nie mehr als die regional erlaubten achtundzwanzig Komma drei Gramm im Mund hast. Klar?"

„Seine Texte sind einfach gut", bemerkt Amy an Belinda gewandt und fügt hinzu: „Auf solche Formulierungen wie Sprechspeisen musst du erstmal kommen. Aber da war er schon immer richtig gut." Dann wirft sie Ulf drei gut hörbar schmatzende Luftküsse zu, woraufhin dieser so tut, als sei er von irgendetwas getroffen worden und sich den imaginären Schmutz von der Wange wischt. Belinda legt ihr Besteck zur Seite. „Ihr seid eine richtig tolle Truppe", lobt sie und fragt: „Darf ich uns noch etwas zu Trinken bestellen?" Auch Ulf hat seinen Teller leer gegessen und schaut nickend zu Donna, die ebenfalls nickt. Amy allerdings schüttelt den Kopf. „Also, wenn ich diese Portion geschafft habe, möchte ich eigentlich nur noch ins Bett. Ihr könnt ja noch bleiben, aber ich werde gehen. Bitte seid mir nicht böse, aber ich bin müde."

Belinda erhebt sich. „Entschuldigung", sagt sie und entfernt sich vom Tisch, geht zu der Kellnerin, bestellt eine Runde Schnäpse und begleicht die Rechnung.

Lennart und Lars stehen derweil erneut vor ihrem Schichtleiter. „Und, ordentlich Tipp kassiert?", will der wissen. „Geht so", antwortet Lennart, während Lars strahlt und seinem Freund auf die Schulter klopft. „Tja, Cheffe, wenn Sie jetzt auch Feierabend hätten, würde ich ja auch für Sie einen ausgeben. Aber Sie müssen ja die Gelder zählen", frotzelt Lars und geht dann mit Lennart und tief in den Hosentaschen steckenden Händen die Straße herunter.

Vor dem Lokal, in dem sich Ulf gerade gestenreich bei Belinda beschwert, dass sie die Rechnung beglichen hat, bleiben sie stehen.

„Hey, wat is, noch 'n Absacker?", fragt Lars. „Wie? Hier? Ist doch 'n reiner Futterschuppen", entgegnet Lennart und schaut ins

Lokal, wo Ulf seinen Damen in ihre Mäntel hilft und seine Jacke anzieht.

„Hey Alter, da ist die Kleine. Weißte, die mit den Rösti mit der Petersilie?", schwärmt Lennart plötzlich.

„Hä? Ich kapier gar nix, Buddy", erklärt Lars und will weitergehen.

„Hey, jetzt warte doch mal. Die kommen gerade raus. Bleib du mal hier stehen. Klar?", befiehlt Lennart und entfernt sich, ohne eine Antwort abzuwarten, von dem zwar staunend guckenden, aber tatsächlich vor dem Lokal stehen bleibenden Lars. Aus diesem treten Ulf, Belinda, Amy und Donna, die draußen stehen bleiben, um sich ihre Handschuhe anzuziehen.

„Komm, Amy, wir gehen dann schon mal!", entscheidet Donna. „Wie? Wir gehen schon?", fragt Amy überrascht und sieht Donna an, die nun wiederum von Amys Wunsch zu bleiben überrascht ist, da diese ja noch vor wenigen Minuten geäußert hatte, sie sei müde und möchte schlafen.

Lars beobachtet die Szenerie und bemerkt den wieder auftauchenden Lennart, der an ihm vorbei auf Amy zusteuert. „Ich fass es nicht. Die Petersilien-Braut!"

Amy schaut zunächst erstaunt, dann erkennt sie Lennart, der statt seines schneeweißen Kittels und dem Papierkäppi eine dicke, dunkelblaue Wolljacke und eine Pudelmütze trägt, wieder.

„Oh, hallo", sagt sie zögerlich, um dann lauter werdend zu rufen: „Hey Leute, darf ich euch Europas kreativsten Fischverkäufer vorstellen?" Sie wirft Lennart einen „Haucher" zu und nimmt ihn zu seiner Überraschung sogar in den Arm. Ulf und Donna schauen sich an, Belinda geht lächelnd auf Lennart zu und reicht ihm die Hand. Und auch Lars geht zu der Gruppe und nickt allen zu. Auch ihm reicht Belinda die Hand, stellt sich dann wieder nahe zu Donna und Ulf, der mit einem Seitenblick auf das junge Trio sagt: „Ich glaube, Amy ist gar nicht mehr so müde. Also, ich schätze mal, die drei brauchen uns nicht mehr heute Abend. Was machen wir denn? Noch irgendwo 'n Drink?"

Belinda schüttelt den Kopf und hakt sich bei Ulf ein. Amy schaut zu Lennart. „Und, ordentlich Fisch verkauft heute?"

Lennart nickt ihr zu, sodass Amy ihn auffordert: „Na, dann kannst du mir ja noch einen ausgeben." Dann sieht sie mit großen, bittenden Augen Donna an. „Ist doch okay, Mama, oder?"

„Ja, klar ist das okay. Du bist volljährig, du kannst tun und lassen, was du willst", antwortet Donna, die sich freut, dass ihre Tochter offensichtlich genau weiß, was sie tun möchte, sie aber dennoch um ihre Zustimmung bittet. Sie nickt Amy zu und wendet sich dann an Ulf: „Ich gehe denn auch schon mal, ist ja nicht so weit. Gute Nacht." Amy kommt zu ihr, gibt ihr ein Küsschen und geht dann mit Lennart und Lars, die sich zwar ohne Händedruck, aber mit einer leichten Verbeugung, einen schönen Abend wünschend, verabschieden.

„Warte Donna, wir gehen mit. Haben doch denselben Weg. Ich bringe dann nur Belinda nach Hause", entscheidet Ulf, hakt sich zwischen die Damen und geht mit ihnen zum Hotel.

„'ne tolle Mutter hast du. Übrigens, ich fand das super von dir, dass du sie gefragt hast. Das hat echt Stil, das war große Klasse. Das hat mir echt gefallen", lobt Lennart, woraufhin Amy sich zunächst ein wenig veralbert fühlt, dann aber bemerkt, dass die Aussage doch ehrlich gemeint war. Lars grinst. „Er ist da mitunter etwas ungehobelter. Aber er arbeitet daran", bemerkt er und schaut Amy an. „Scheinst echt 'n guten Einfluss auf ihn zu haben."

Dann hakt er sich bei Amy unter, legt seinen anderen Arm um Lennart und zieht die beiden mit sich. „Kommt. Hab heute gut Kasse gemacht, ich gebe noch einen aus."

„Donna, du gestattest, dass ich Belinda noch nach Hause bringe?", fragt Ulf, als sie das Hotel erreicht haben. „Warum fragt ihr mich alle um Erlaubnis? Ulf, auch du bist erwachsen und kannst tun und lassen, was du willst. Musst nur die Verantwortung dafür tragen", entgegnet Donna schmunzelnd. „Aber verantwortungsvoll bist du ja, das muss man dir lassen. Gute Nacht!" Sie reicht Belinda die Hand, gibt Ulf einen Kuss auf die Wange und geht ins Hotel.

Ulf schaut lange zu Belinda. Sie warten, bis Donna das Hotel betreten hat. „Komm. Noch eine Runde am Strand entlang", entscheidet er und so gehen sie schweigend die Stufen zum Strand herunter.

Dann stapfen sie durch den tiefen Sand bis zum nächsten Ausgang und stehen nach einem kurzen Weg vor Belindas Appartementhaus.

„Sie haben mich vorhin geduzt", bemerkt Belinda. „Normalerweise wird das mit einem Getränk und einem Kuss besiegelt." Ulf guckt überrascht. „Das mit dem Drink holen wir nach, den Kuss gibt es schon jetzt", ergreift Belinda die weitere Initiative und gibt Ulf einen kräftigen, aber kurzen Schmatz mitten auf den Mund. Es geht ihr gut. Sie lächelt und hat das Gefühl, dass ihr Aufenthalt auf der Insel doch noch zu einem positiven Erlebnis wird. Plötzlich schlägt sie ihre Hand vor den Mund. „Oh, meine Jacke. Die haben wir im Restaurant vergessen." Ulf schaut auf seine Armbanduhr. „Die haben noch auf. Ich hole sie schnell", beschließt er. „Das hat doch Zeit", entgegnet Belinda. „Ich mache jetzt mal einen Vorschlag, ja?" Ulf nickt ihr zu. „Also, ich werde erstmal meinen Töchtern von meinem tollen Tag berichten. Wenn Sie, eh, wenn du, so nett wärst und auf deinem Heimweg meine Jacke mitnehmen würdest, dann wäre ich bereit, dir morgen ein Mittag- oder auch gern ein nettes Abendessen zu spendieren."

„Na, dann machen wir das doch so", befindet Ulf und umarmt Belinda. Sie drückt ihm noch schnell ein Küsschen auf die Wange, dann greift sie in ihre Manteltasche und schaut erschrocken: „Mein Schlüssel, mein Schlüssel ist weg."

„Glaub ich nicht", sagt Ulf sehr gelassen. „Der steckt in der Jackentasche. Wetten?"

„Und nun?", fragt Belinda. „Und nun gehen wir gemeinsam die Jacke holen!", entscheidet Ulf, hakt sich wieder bei Belinda unter und führt sie zum Restaurant, wo ihnen schon beim Betreten des Lokals die Kellnerin entgegeneilt. „Ihre Tüte, oder?"

„Jep!", bestätigt Ulf und wundert sich, da er das Wort „Jep" vorher noch nie ausgesprochen hatte. Die Kellnerin reicht Belinda die Tüte. Die bedankt sich herzlich, greift sofort in die Tüte und holt den Schlüssel aus der Jacke. „Noch ein Gläschen?", fragt Ulf. Belinda schüttelt den Kopf. „Ich will telefonieren. Meine Girls warten bestimmt schon", entscheidet sie, obwohl sie auch gern noch bleiben würde. Mit einem „Na, dann", nickt Ulf der Kellnerin zu, verlässt mit Belinda das Lokal und bringt sie ein weiteres Mal bis zu ihrer Haustür. Diesmal gibt er ihr noch einen Kuss auf die Wange. Dann zupft er an seinem ohnehin schon hochgeklappten Kragen und verabschiedet sich: „Bis morgen. Ich freu mich." Belinda nickt. „Ich komme morgen Mittag um eins zu dir ins Hotel. Gute Nacht." Ulf nickt ihr ebenfalls zu und geht zu seinem Hotel, während Belinda noch zweimal tief durchatmet und ihm dabei hinterher schaut. Dann geht sie in ihr Appartement, trinkt ein Glas Rotwein und telefoniert gut gelaunt mit ihren Töchtern.

Am nächsten Morgen frühstückt Ulf sehr ausgiebig allein mit Donna, die sich beschwert, dass Amy erst mitten in der Nacht zurück „in die Bude" gekommen ist. „Wir wollen doch heute unseren Mutter-und-Kind-Tag machen", schmollt sie. Ulf zeigt zum Fenster. „Guck mal raus, mien Deern. Bei dem Wetter jagt man ja nicht mal 'nen Hund vor die Tür. Was hattet ihr den vor?", will er aber trotzdem wissen. „Na, 'n Stück laufen, dann mit dem Bus nach List."

„Und du, was hast du vor?", fragt sie Ulf. Der richtet sich in seinem Stuhl auf. „Oh. Ich bin heute zum Essen eingeladen", antwortet er. Donna nippt an ihrem Tee. „Von Belinda, richtig?", sagt sie mehr, als dass sie fragt. „Richtig", antwortet Ulf und beobachtet seine Tochter, die sich zurücklehnt und nachdenkt. „Ist 'ne hoch interessante Frau. Amy hat mir ein bisschen von ihrer Begegnung am ersten Weihnachtstag erzählt."

„Ach. Was erzählt sie denn so?", erkundigt sich Ulf. Donna lacht. „Komm, Ulf, du magst doch keine Klatschgeschichten. Also frage auch nicht nach. Finde doch selbst heraus, wie sie ist."

„Welchen Eindruck hast du denn?", fragt Ulf direkt nach, und genau so direkt kommt auch Donnas Antwort: „Sie passt zu dir!"

Ulf lehnt sich zurück. Er grübelt und schaut dabei schweigend aus dem Fenster, auf den Regen, auf die aufgepeitschte Nordsee, während Donna Schluck für Schluck ihren Tee trinkt und Ulf beobachtet.

Plötzlich verspürt er zwei Hände auf seinen Schultern und zwei Lippen auf seinem Kopf. „Guten Morgen! Entschuldigt bitte meine Verspätung", gähnt Amy noch sehr verschlafen und nimmt den Deckel von der großen, auf dem Tisch stehenden Teekanne. „Oh, fast leer", stellt sie fest. Sie schnappt sich die Kanne und will gerade loslaufen, doch schon ist Stefanie, die heute nach den freien Feiertagen wieder Dienst hat, bei ihr und nimmt ihr die Kanne ab. „Noch mal den Gleichen?", fragt sie. „Jep. Jep", hört sie nacheinander die Stimmen von Ulf und Amy, die überrascht fragt: „Hey, neues Wort aufgeschnappt oder wie?"

„Nicht, dass du irgendwann mal sagst, ich würde von dir ja nichts annehmen", grinst Ulf und nimmt Amy, die sich neben ihn setzt, in den Arm. Sie schaut ihn an. „Siehst gut aus. Für dein Alter siehst du richtig gut aus. Bist verliebt, oder was?" Ulf löst die Umarmung und schaut schweigend zu Donna, die von Amy wissen möchte, wie sie ihren Tag gestalten wollen. Da Amy „keine Peilung", wie sie sagt, hat, entscheidet Donna, dass sie sich nach dem Frühstück auf den Weg machen werden. Ulf trinkt noch einen Tee mit, holt sich dann von der Rezeption einen Stapel Zeitungen, geht in die Suite und liest. Irgendwann kommen Donna und Amy, ziehen sich wetterfest an und verlassen mit einem „Bis heute Abend oder meinetwegen auch bis Morgen", den Raum und machen sich auf den Weg nach List.

Immer wieder blickt Ulf von seiner Zeitung auf und schaut auf seine Armbanduhr. Um zwölf Uhr klingelt sein Handy. Er springt auf und versucht den Klingelton zu orten. Er folgt dem Geräusch, fingert das bereits etwas altmodische, sehr kleine und flache Gerät aus seiner Jacke und meldet sich dann mit: „Ulf Bernsen."

„Hier ist Belinda. Guten Morgen, oder besser, guten Tag. Wie geht es dir? Hast du gut geschlafen?", fragt sie. „Mir geht es gut, und ich habe auch gut geschlafen", antwortet Ulf. „Aber, wenn ich ehrlich bin, habe ich im Moment noch nicht genügend Hunger für ein Mittagessen. Bei dem Wetter bleibt einem eigentlich nur die Sauna."

„Habe ich leider nicht", sagt Belinda und hört Ulfs: „Aber ich." Sie überlegt, fragt dann: „Gibt es noch eine Alternative zum Saunabesuch?"

„Was hältst du davon, mich hier zu besuchen?", schlägt er vor und vernimmt Belindas: „Gut, bis gleich. Ist ja nicht weit." Ulf geht ins Bad, wirft sich noch etwas kaltes Wasser ins Gesicht, gurgelt mit seinem Mundwasser, sprüht sich mit seinem Eau de Toilette ein, geht zurück ins Zimmer und räumt die Zeitungen vom Tisch. Dabei fällt sein Blick auf die DVD, die ihm Helen zu Weihnachten geschenkt hat. Er holt sein Laptop hervor, legt die DVD ein und beginnt, sie sich anzuschauen. Seine Augen werden größer und größer. „Das gibt es doch gar nicht. Wo hat sie das denn her?", fragt er sich. Sofort greift er zu seinem Telefon und ruft Helen an, erreicht allerdings nur ihre Mailbox. Er legt das Telefon weg, schaut gespannt auf die vor ihm laufenden Bilder und schüttelt immer wieder den Kopf, bis ihn ein Klopfen an der Tür aus seinen Erinnerungen holt.

„Ah ja", erinnert er sich, stoppt den Lauf der DVD, erhebt sich und öffnet die Tür. „Guten Tag, der Herr", begrüßt ihn Belinda und bemerkt, dass Ulf irgendwie etwas abwesend wirkt. Er sagt zwar: „Komm rein" und begrüßt sie auch, schaut aber gleich wieder zu seinem Laptop. Dann bemerkt er seine Unaufmerksamkeit Belinda gegenüber und entschuldigt sich, nimmt ihr den Mantel ab und bittet sie, sich zu setzen. „Ich muss hier jetzt erstmal was gucken", verkündet er. „Ich habe eine DVD von Helen bekommen. Die muss ich erstmal verarbeiten."

„Gut, dann gehe ich wieder", beschließt Belinda. „Nein, nein, warte. Du kannst gerne mitschauen. Da werden Erinnerungen wach, auch bei dir, da wette ich", weckt Ulf ihre Neugierde. „Wasser?", fragt er und erklärt: „Etwas Anderes müsste ich erst bestellen. Das heißt, 'n Tee kann ich dir auch machen. Oder 'n Espresso oder 'n Cappuccino?"

„Wasser ist gut", befindet Belinda, setzt sich auf die Couch vor Ulfs Laptop und schaut auf das momentan dort zu sehende Standbild. „Was ist das denn?", will sie wissen. „Das muss doch schon vor ewigen Zeiten gewesen sein?"

„Das war vor zweiundvierzig Jahren", erklärt Ulf und reicht Belinda ein Glas Wasser. Dann setzt er sich zu ihr, stellt die DVD wieder auf Anfang und starrt mit Belinda auf den Bildschirm, wo eine aus vier jungen Männern bestehende Band zu sehen ist, die auf einer Bühne steht, musiziert und singt, während vor der Bühne eine Gruppe junger Frauen in auffallend kurzen Minikleidern tanzt und der Band zujubelt. Belinda schaut gespannt und erwartungsvoll staunend auf die sich zeigenden Bilder und auch Ulf kann den Blick nicht von dem Bildschirm lösen. Er lehnt sich zurück, verschränkt die Hände hinter dem Kopf und lacht laut auf. „Man, man, man, war das 'ne Zeit." Auf dem Bildschirm ist plötzlich nur noch ein dunkler Hintergrund zu sehen, der sich nach und nach mit einzeln auftauchenden Buchstaben füllt. Belinda und Ulf warten, dann lesen sie. *The Start.*

Auf dem Bildschirm ist jetzt ein Schriftzug zu sehen: *Prince Hamlet.* „Ich werd weich", gesteht Ulf und wirft sich, die Beine hebend, gegen die Sofalehne. Er jauchzt laut auf und zeigt auf die Jungen auf dem Bildschirm. „Das sind wir. Das ist Puma, Bubu, Olli und der hier, mit der coolen Sonnenbrille, das bin ich."

Belinda rückt dichter an Ulf heran. *Die vier Jungen stehen im Halbkreis und unterhalten sich: „Das wird spitze, Jungs. Vier Wochen weg von den Alten", freut sich Bubu. Während Puma ein „Bin gespannt auf die Mucke in London. Soll da ganz neue Beats geben" einfließen lässt, äußert Olli seine Bedenken: „Erst mal gucken, Jungs. Ich bin da skeptisch."*

Dann eine Stimme aus dem Hintergrund: „Alles organisiert, keine Probleme. Wenn ihr wollt, könnt ihr da sogar spielen."

„Das ist Ulli", erklärt Ulf. „Unser Manager, wenn man so will. Der war schon volljährig." *Ulf hält seine leeren Hände vor die Kamera und sagt: „Wie sollen wir denn da spielen, ohne Instrumente? Witzbold."*

„Da gibt's genug Instrumente. Wartet's nur ab." Jetzt ist wieder Ullis Stimme zu hören, der dann filmt, wie sie an Bord gehen, sich zu fünft in eine Viererkabine zwängen, zwischendurch auch mal essen und Cola trinken oder an Deck mit jungen Frauen flirten, während Puma mit den Fingern auf die Schiffsrehling trommelt und singt.

Dann die Ankunft in Harwich, die Weiterfahrt mit dem Zug nach London, die Ankunft in einer Pension, der Bezug der Zimmer. Es folgt der erste Bummel durch das Licht durchflutete London samt einem Zwischenstop an einem Imbissstand, wo das Essen den Jungen offensichtlich nicht besonders gut schmeckt. Nur Ulf isst mit

Appetit. „Ich mochte schon immer gern Fisch", erklärt er. *Dann betreten sie einen Music-Club.* „Oh, da gab es gleich Ärger. Wegen der Kamera", berichtet Ulf weiter. „Aber, als wir anschließend jeden Abend wiederkamen, haben sie uns schließlich doch filmen lassen. Der Ulli hat da echt 'n Draht zu den Leuten aufgebaut." *Die Jungs auf hohen Hockern vor der Theke sitzend, Bier und Cola trinkend und der Musik lauschend. Eine Band spielt „All or Nothing" von den „Small Faces".*

„Das war schon am nächsten Tag", kommentiert Ulf. „Da durften wir zum ersten Mal vorspielen." *Die Jungs covern einen Song. „Crimson and Clover" singt Olli.* „Wie alt warst du da?", fragt Belinda und rückt näher an Ulf heran. „Sechzehn", antwortet er und die beiden schauen weiterhin gebannt auf den Bildschirm. *Der voller Begeisterung auf Ulli zustürmende Clubchef, der Unverständliches murmelt und Ulli derartig hart auf die Schulter klopft, dass die nächsten Bilder ziemlich verwackelt sind.* „Ulli hat dann mit dem Clubchef verhandelt. Von da an waren wir engagiert", merkt Ulf an.

„Ich bin schwer begeistert", gesteht Belinda. „Also, ich hatte auch mein ganzes Zimmer voll mit Bildern aus der Bravo von den ganzen Stars."

„Ja, das hat sich dann entwickelt. Erst durften wir drei Lieder spielen, aber am nächsten Tag vier, und so weiter. Irgendwann haben wir dann sogar auf die Schnelle noch neue Songs eingeübt", schwärmt Ulf, als die nächsten Aufnahmen zu sehen sind *Die Jungs beim Proben. Ulf zupft am Bass, schaut seine Jungs an und beginnt, einen eigenen Text zu singen: „You can get no ... satisfaction ... "*

Er macht eine kurze Pause, schaut in die Gesichter seiner Jungs. Dann fährt er fort:

„ But we play, but we play, but we play ...

here in the club, here in the club.

So, we can get, yes we can get satisfaction ...

Yes, we can get ... satisfaction ...!"

Ulf nimmt die Bassgitarre von der Schulter, er freut sich. „Wat wollt ihr Jungs, wir dürfen hier spielen. Ich find dat klasse. Gut *gemacht, Ulli. Da könn wir schon gleich ma neue Songs schreiben, Jungs. Sonst reicht dat Programm nicht.*"

„*Träumer*", sagt der skeptische Olli.

Erneut wird der Bildschirm dunkel, neue Buchstaben fliegen herein, bilden das Wort: *The Show.*

Dann wieder die Aufnahmen: *Die Stammband spielt „Sha La La Lee" von den „Small Faces". Die Jungs von der Band sitzen in einem kleinen Raum hinter der Bühne. Sie sind nervös und rauchen. Von außen klingt Musik herein. Dann kommt der Clubmanager und winkt. Die Jungs treten heraus und warten hinter der Bühne. Die Kamera schwenkt auf die Bühne und zeigt den Sänger der „Stammband", der eine große Ankündigung macht: „And now, from Germany ... The Shadoks." Die Jungs hasten auf die Bühne, begrüßen die Stammband und gehen an die Instrumente. Puma stellt das Schlagzeug ein, Ulf stimmt den Bass und Olli seine Gitarre. Dann richtet dieser den Mikrofonständer auf „seine Höhe", Bubu dreht den Hocker hinter der Orgel hoch. Dann begrüßt Olli die Gäste: „Hi friends. We are very happy to play some songs for you. We are the Shadoks from Hamburg in Germany."*

Die Band spielt ihr erstes Stück: „Marmor, Stein und Eisen bricht". Die Clubgäste wirken etwas zurückhaltend. Sie bewegen sich zwar, doch so richtige Stimmung kommt nicht auf.

„War auch blöd von uns, 'n deutsches Lied zu spielen. Beim nächsten Song ging es dann aber gleich richtig ab", moderiert Ulf die Bilder.

Die Band spielt: „My Bonnie Is Over The Ocean." Eine Gruppe junger Mädchen ist zu sehen, die zuerst tanzt und dann mehr und mehr wie wild vor der Bühne herumspringt. Ein Mädchen zeigt sich besonders bewegungstalentiert und ist immer wieder groß im Bild zu sehen.

„Das ist übrigens Helen", erklärt Ulf. *Die Mädchengruppe vor der Bühne johlt, besonders Helen. Olli verneigt sich, die Jungs schauen zu ihm und machen es nach. Olli spricht in sein Mikrofon: „Hello friends. I am Olli. As you can see I am playing the guitar."*

Olli spielt ein kurzes Solo, stellt dann die anderen Mitglieder der Band vor: „At the Organ, Bubu! On the drums Puma! And he is our bass, our junior, his name is Ulf!"

Die Jungs winken in die Menge. Die Mädels um Helen skandieren: „Ulf, Ulf, Ulf, Ulf, Ulf!" Die Jungs der Band schauen Ulf an, der etwas verlegen den Nacken einzieht, dabei aber schmunzelt. Dann brüllt er Olli an: „Weiter jetzt." Er dreht sich zu Puma: „Hau rein Alter. Dizzy!" Olli nickt dem Schlagzeuger zu, Puma gibt mit der großen Pauke den Takt vor, es folgt ein kurzer Trommelwirbel, die Jungs spielen, Olli singt: „Dizzy, I 'm so dizzy, my head is spinnin' ...." Der Club kocht. Olli hat nach dem Lied Mühe, sich Gehör zu verschaffen. Er brüllt in sein Mikro: „Okay. One more song. It's called: Crimson and Clover." Die Menge singt begeistert mit. Helen steht im Kreise ihrer Mädchen, schaut begeistert auf die Bühne, singt laut mit und faltet die Hände. Nach dem Lied stellen die Jungs die Instrumente ab, verneigen sich einander umarmend vor dem jubelnden Publikum und verlassen winkend die Bühne. Ulf allerdings geht noch mal ans Mikrofon: „See you tomorrow. Okay?" Dann rennt er förmlich von der Bühne.

Die nächsten Bilder zeigen die Jungs beim Üben im Club, dann wird der Bildschirm wieder schwarz. Ulf stoppt die DVD und schwelgt in seinen Erinnerungen: „Ja, so hat sich das entwickelt. Wir haben dann jeden Abend da gespielt. Und jeden Abend ein Stück mehr. Die mochten uns dort."

„Und Helen?", fragt Belinda. „Helen war jeden Abend da. Die hat in der Nähe Theater gespielt und kam nach ihrer Vorstellung immer mit ihren Kolleginnen zum Abtanzen in den Club. Sie hat mich auf der Bühne gesehen, und ich habe diese auffällige Frau natürlich auch bemerkt. Sie hat ja auch immer da getanzt, wo ich auf der Bühne stand. Eines Tages stand sie dann an der Bühnentreppe und wir haben uns verabredet und auch mal tagsüber getroffen. Ja, so kam das. Irgendwann hatte dann jeder von uns was mit den Mädels. Die wussten, wo es lang ging. Waren ja auch wesentlich älter als wir", schildert Ulf die nicht auf der DVD zu sehenden Ereignisse.

Er erhebt sich vom Sofa. „Auch 'n Espresso?", fragt er und geht zu der kleinen Kaffeemaschine, wirft einen Pad ein und macht sich einen Espresso. „Danke", antwortet Belinda, „Aber 'n Wasser nehme ich gerne noch. Und wie ging es dann weiter mit Helen?" Ulf schmunzelt und schenkt zwei Wasser ein. Nachdem auch sein Espresso fertig ist, setzt er sich zurück aufs Sofa. „Wie so etwas geht, muss ich dir wohl nicht erklären, oder?" Er nippt kurz an seinem Espresso und trinkt ihn dann mit zwei Schlucken aus. „Ich will ja auch gar keine Einzelheiten wissen. Aber zwischen damals und heute liegen ja schon einige Jahre. Und Donna muss denn ja schon über vierzig sein", stellt Belinda fest. „Lass uns mal weitergucken", bestimmt Ulf und drückt wieder auf die entsprechende Laptoptaste.

Die nächsten Buchstaben ergeben das Wort: *The Final. Die Jungs mit ihren Mädels aus Helens Gruppe beim Bummeln durch London, beim Rumalbern mit den Wachsfiguren in Madame Tussauds, auf einem Boot auf der Themse, dann wieder die Jungs auf der Bühne, die Verbeugung zur Verabschiedung,* wobei die Buchstaben*: The End* einfließen.

Dann ist die Aufnahme beendet. Ulf lehnt sich zurück und verschränkt die Arme hinter dem Kopf. „Ja, kurz vor Weihnachten bekam ich dann den Brief, dass Helen schwanger ist." Ulf lacht laut auf. „Diese Mitteilung habe ich dann meinen Eltern zu Weihnachten geschenkt. Die waren erstmal richtig geschockt, haben sich dann aber ganz toll verhalten. Nicht einen Vorwurf habe ich bekommen. Später hat meine Mutter mir dann gestanden, dass sie meinen Vater auch ziemlich schnell heiraten musste, weil ich unterwegs war."

Ulf atmet tief durch. „Ja, und in den Sommerferien des nächsten Jahres bin ich mit meinen Eltern nach England gefahren, um Helen und Donna zu besuchen." Belinda bemerkt, dass Ulfs Augen feucht werden, er ringt sogar um Fassung. „Weißt du, so tolle Eltern musst du erstmal haben, die bereit sind, die Mutter deines unehelichen Kindes zu unterstützen. Heute ist so etwas vielleicht normal, aber damals …" Ulf wischt sich kurz über die Augen, fährt dann fort: „Helen hat sie übrigens Donna genannt, weil wir, wenn wir spazieren gegangen sind, immer das Lied „Donna" von Ritchie Valens gesummt haben. Das war sozusagen unser Lied."

Belinda rückt näher an Ulf heran. „Wie habt ihr es geschafft, über all die Jahre so verbunden zu bleiben?", will sie wissen.

Ulf beugt sich vor, nimmt einen Schluck aus seinem Wasserglas und lehnt sich dann wieder im Sofa zurück. „Wir haben das sehr gut hingekriegt. War nicht einfach über all die Jahre. Aber es hat geklappt. Dafür bin ich dankbar, auch meinen Eltern. Die haben mich unterstützt, bis ich mein Abitur hatte. Dann habe ich studiert und mit meinen Jungs Musik gemacht. Jedes Wochenende sind wir über die Dörfer getingelt und haben die damaligen Hitparadensongs nachgespielt. Das hat richtig Geld gebracht. Damit konnte ich Helen unterstützen und sie auch regelmäßig besuchen, obwohl uns schnell klar geworden ist, dass wir als Paar nicht funktionieren würden. Aber als Eltern waren wir gemeinsam für Donna da. So gut es eben ging."

„Und was hast du studiert?", fragt Belinda. „Grafik und Design", erklärt Ulf. „Dann habe ich mit Ulli zusammen eine Werbeagentur gegründet. Die haben wir zwischenzeitlich verkauft. Jetzt arbeite ich als Freelancer für verschiedene Agenturen."

Er nimmt erneut einen Schluck von seinem Wasser, erzählt dann von Donna und ihrer Freundschaft mit einem englischen Piloten; wie der dann, während sie schwanger war, nach Gütersloh in Deutschland versetzt wurde; sie dann auch nach Deutschland gezogen ist und ihn geheiratet hat; wie Amy geboren wurde und später in Düsseldorf, wo Donna als Modefotografin arbeitet, in die Schule kam; wie Steven, so hieß der Mann von Donna, bei einer Flugshow tödlich verunglückt ist; und dass sie dann entschieden haben, um Amy nicht aus ihrer gewohnten Umgebung zu reißen, in Düsseldorf zu bleiben.

„Ich bin auch Helen und Donna sehr dankbar. Nie gab es ein böses Wort", fügt Ulf nachdenklich hinzu.

„Möchtest du jetzt lieber alleine sein?", fragt Belinda. Ulf nickt nur. Er lehnt sich auf dem Sofa zurück, verschränkt die Arme hinter dem Kopf und starrt einfach nur an die Decke.

„Aber heute Abend gehen wir essen", fordert Belinda. „Gern auch mit Amy und Donna."

Ulf erhebt sich von dem Sofa und hilft Belinda in ihre Garderobe. Mit einem Wangenküsschen verabschieden sie sich. „Bis heute Abend. Ich ruf vorher an", sagt Belinda und verlässt die Suite. Ulf atmet tief durch, holt sich aus der Minibar eines dieser kleinen Cognacfläschchen und stellt es auf den Tisch. Dann lehnt er sich wieder auf dem Sofa zurück und starrt, ohne den Cognac zu trinken, weiter an die Decke.

Nach einer gefühlten Ewigkeit, in der er wie im Zeitraffer sein ganzes Leben Revue passieren lässt, erhebt er sich schmunzelnd, um mit Donna zu telefonieren. Die erzählt ihm, dass sie und Amy gerade am berühmten Ellenbogen-Strand entlang wandern und sich entschieden haben, danach in List etwas zu essen, um dann irgendwann, ohne auf die Uhr zu sehen, zurück zu fahren.

„Wie ihr wollt!", sagt Ulf. „Ich wünsche euch jedenfalls viel Spaß. Wir sehen uns dann beim Frühstück, okay?", fügt er hinzu, ohne auf sein „Okay" wirklich eine Antwort zu erwarten.

„Bis Morgen. Dir auch viel Spaß", wünscht Donna in einem Tonfall, der Ulf etwas nachdenklich stimmt. Er geht ins Badezimmer, beobachtet sich, immer wieder neue Grimassen ziehend, im Spiegel und spült dann sein Gesicht mit kaltem Wasser ab. Anschließend zieht er sich warmen Sachen über, geht hinaus in die Kälte und bleibt, in Richtung Strand schauend, stehen, um zu überlegen. Dann holt er sich zunächst ein Fischbrötchen, das er beim Gehen genussvoll verspeist. Frierend klappt er seinen Kragen hoch, zieht, um seine schon rot gefrorenen Ohren zu wärmen, über seine Schirmmütze noch eine Strickmütze und marschiert gegen den steifen Nordwestwind in Richtung Wenningstedt. Dort bestellt er sich, um sich wieder aufzuwärmen, einen Grog, nippt kurz an dem sehr heißen Getränk, reibt sich erschrocken über die Lippen und blickt nachdenklich auf die tobende See.

Belinda sitzt in ihrem Appartement. Sie hat wieder einmal sehr lange mit ihren Töchtern telefoniert und währenddessen per SMS von Birgit erfahren, dass sie auch über Silvester in Hamburg bleiben und es mit der ursprünglich geplanten, gemeinsamen Feier daher nichts werden wird. „So war sie früher schon", denkt Belinda, bemerkt jedoch, dass es ihr nichts ausmacht. Sie fühlt sich gut. Vor sich hin summend geht sie mit ihrem Handy zu der Küchenzeile, wo sie das Ladegerät deponiert hat, um das Telefon aufzuladen. „Rufst du ihn an oder wartest du, bis er sich meldet?", fragt sie sich, schaut auf ihre Armbanduhr und vergleicht die dort angezeigte Uhrzeit mit der auf dem Fernsehbildschirm. Sie schaut aus dem Fenster, wo die Dunkelheit ihr signalisiert, dass sie den heutigen Kampf gegen die immer nur kurz durchkommende Helligkeit endgültig gewonnen hat. „Eigentlich müsstest du anrufen, schließlich hast du die Einladung ausgesprochen", meldet sich ihr Unterbewusstsein, während gleichzeitig ihr Handy mit einer von ihr extra eingegebenen Programmierung, die an die Trommeln aus „... also sprach Zarathustra" erinnert, einen Anruf von Ulf ankündigt. Sofort steigt ihre Stimmung und sie wird von einer Welle der Zuneigung für Ulf erfasst.

„Wollte nur wissen, ob das mit der Einladung noch steht?", fragt Ulf ohne Umschweife.

„Wo bist du?", erkundigt sich Belinda.

„Ist doch egal", antwortet Ulf.

„Nein, es ist nicht egal. Ich würde gern zu dir kommen, also muss ich wissen, wo du bist", erwidert Belinda.

„Noch in Wenningstedt, hab 'nen Marsch gemacht. Ist aber schweinekalt. Würde mich echt freuen, wenn wir beide unser Date im Warmen abhalten würden", äußert Ulf seine Vorstellungen. „Das heißt, Amy und Donna sind nicht dabei, oder wie?", fragt Belinda.

„Richtig. Amy und Donna sind heute in List. Wir sind ganz für uns alleine", bestätigt Ulf.

„Okay. Ich bin in meinem Appartement. Magst du mich hier abholen?", bittet Belinda.

„Ich bin gleich da. Brauch nur noch 'ne Droschke", entgegnet Ulf, trinkt seinen mittlerweile etwas abgekühlten Grog, bestellt sich ein Taxi und kauft unterwegs noch einen Blumenstrauß.

„Blumen hat mir ja schon ewig niemand mehr geschenkt", sagt Belinda freudestrahlend, umarmt ihn, begrüßt ihn mit zwei Küsschen auf die Wangen und bittet ihn herein. „Leg die Jacke einfach irgendwo hin. Oder nein, hänge sie doch zu meinem neuen Mantel. Habe ich dir eigentlich erzählt, dass ich einen sehr netten Mann kennengelernt habe, der mir doch tatsächlich einen Mantel geschenkt hat? Also stell dir doch mal vor: Nur weil ich ihn mit zwei Frauen beim Essen gesehen hatte, habe ich gedacht, der wäre verheiratet und hat eine Tochter. Doch dann stellt sich plötzlich heraus, dass der Mann frei ist. Das muss man sich mal vorstellen, dass es so etwas gibt. Das ist doch eine Geschichte für einen Roman, oder?", sprudelt es gut gelaunt aus Belinda heraus.

„Na, dann schreib ihn doch", schmunzelt Ulf. „Ich weiß ja noch nicht, wie die Geschichte ausgeht", entgegnet Belinda, um dann zu fragen, wie sich Ulf den gemeinsamen Abend vorstellt. Der zuckt mit den Schultern. „Wer hat denn entschieden, dass wir diesen Abend gemeinsam verbringen, hä? Ich finde, die Person sollte dann auch den Ablauf bestimmen."

„Gut, dann entscheide ich jetzt." Belinda geht zu ihrem Kühlschrank und öffnet ihn. „Getränke habe ich hier genug." Dann schließt sie die Tür und zeigt auf den an der Küchenzeile geparkten Rotwein. „Also, ich würde unheimlich gern einfach nur 'n halbes Hähnchen essen, so mit Pommes und Salat. Und dazu den leckeren Rotwein. Mein Vorschlag: Wir holen uns die Gockel und machen uns hier bei mir einen richtig gemütlichen Abend. Man muss ja nicht jeden Abend auf die Piste gehen. Das machen wir, wenn Donna und Amy wieder dabei sind, dann gehen wir ganz lecker essen, ja?" Sie schaut fragend zu Ulf. Der schnappt sich, ihr zunickend, eine Flasche Rotwein, schaut prüfend auf das Etikett, greift nach einem auf der Spüle liegenden Korkenzieher und öffnet die Flasche. „Damit der schon mal atmen kann", erklärt er, gießt einen kleinen Schluck in das Glas, schwenkt es und trinkt den Schluck. Dann stellt er das Glas und die Flasche ab. „So, während der Wein hier seine Luft holt, gehen wir raus und schnappen auf dem Weg zum Gockelhaus auch noch ein wenig frische Luft. Komm", sagt er und greift nach seiner Jacke, um dann Belinda in den Mantel zu helfen.

Sie holen sich ihr Essen und machen es sich so richtig gemütlich. „Hab schon ewig nicht mehr einfach so mit den Fingern gegessen", freut sich Belinda und denkt an den von Ulf geprägten Ausdruck mit dem Sprechspeisen.

„Also, ich mache das öfter. So ganz allein zu Hause. Frisches Brot brechen, dann in Oliven- oder Arganöl tunken und schwupp, rin in den Mund. Dazu Tiroler Speck und Käsescheiben, einfach lecker", befindet er, tupft sich mit einer Serviette den vom Hähnchenessen fettigen Mund und die Hände ab und trinkt seinen Rotwein, der nun, wie er feststellt, zwar genau richtig ist, sich aber doch langsam dem Ende zuneigt. Jetzt ist es Belinda, die zur Spüle geht, dort gleich zwei neue Flaschen öffnet und sie mit dem Worten „Müssen ja nicht alles austrinken" auf den Tisch stellt. Ulf nippt schmunzelnd an seinem Wein und prostet Belinda zu: „Auf uns!"

So wie Ulf und Belinda essen auch Donna und Amy heute Abend mit den Fingern. Amy hat auf der Tageskarte des Restaurants am Lister Hafen „Garnelen satt" entdeckt und so sitzen sie und befreien die, wie Amy findet, gar nicht mal so kleinen, gegrillten Viecher von ihrer Schale, um sie dann in eine der verschiedenen Saucen zu dippen. „Die hier ist ganz schön scharf", findet Amy. „Genau wie Lennart, der ist auch ganz schön scharf auf mich, Mami", gesteht sie. „Du wirst schon wissen, was du zu tun hast", sagt Donna und fügt ein: „Oder?" hinzu.

„Was unser Ulf wohl macht", lenkt Amy von sich ab. „Der wird auch wissen, was er zu tun hat", befindet Donna, um dann ein: „Oh Mama, sei doch nicht immer so fürchterlich pragmatisch" zu ernten. „Ich bin nicht pragmatisch, ich bin realistisch, mein Schatz", erwidert Donna. Amy staunt: „Kannst mir auch den Unterschied erklären? Für mich ist das beides das Gleiche."

„Wäre ich pragmatisch, wäre ich immer nur auf die Sache bezogen", erklärt Donna. „Aber der Realist bezieht mehrere Ebenen ein. Neben dem rein Sachlichen auch das Emotionale zum Beispiel."

„Zum Beispiel", wiederholt Amy. „Hast auch 'n Beispiel für mich?" Donna überlegt und wischt sich, von Amy genau beobachtet, den Mund und die Hände ab. „Genau wie Ulf", stellt Amy fest.

„Wie, genau wie Ulf?" Donna schüttelt den Kopf. „Ich meine, wie du den Mund und dann deine Hände abwischst. Das sind die gleichen Bewegungen, wie Ulf sie macht. Helen macht das ganz anders", legt Amy ihre Beobachtungen dar. „Worauf du auch alles achtest", stellt Donna lächelnd fest und will wissen, ob sie ihre vorhin begonnen Ausführungen noch fortführen soll. „Ich glaub, ich hab dich verstanden", befindet Amy. „Weiß ich noch von der Schule her. Es gibt in der Kommunikation die Sachebene und die Beziehungsebene. Und wenn man immer schön sachlich bleibt, gibt es keinen Streit. Der entsteht nur auf der Beziehungsebene."

Während Donna und Amy langsam wieder in ihre, von beiden sehr geliebten, aber leider viel zu selten stattfindenden, von Amy irgendwann mal „philosophische Stunden" getauften Mutter-Tochter-Gespräche versinken und sich dafür noch eine weitere Schale Garnelen bestellen, haben Belinda und Ulf ihre Mahlzeit beendet und genießen angeregt über ihre bisherigen Leben plaudernd, ihren Rotwein.

Irgendwann vernimmt Ulf einen kurzen Klingelton seines Handys und springt auf, um eine gerade eingetroffene SMS zu lesen. Anschließend wirft er einen Blick auf seine Armbanduhr. „Ist ja schon nach Mitternacht. Da haben meine Damen aber lange ausgehalten", teilt er Belinda in aller Kürze den Inhalt der Nachricht mit.

„Das heißt aber nicht, dass du jetzt auch gehen willst?" Belinda mustert Ulf, der sich aber bereits wieder hingesetzt hat und auch schon wieder an seinem Rotwein nippt. „Soll ich denn schon gehen?", fragt er.

„Meinetwegen kannst du bleiben", sagt Belinda und stößt mit ihrem Glas gegen das von Ulf. „Gut, dann bleibe ich", antwortet Ulf und fügt lächelnd ein „Ich bin auch artig" hinzu.

Am nächsten Morgen vernimmt Ulf erneut den kurzen Klingelton seines auf dem Küchentisch neben den leeren Weinflaschen liegenden Handys. Er reibt sich die Augen und guckt zu der neben ihm liegenden Belinda, die durch den Klingelton ebenfalls wach wird. Sie schaut zu Ulf herüber, gibt ihm einen Kuss, springt auf und verschwindet im Bad. Ulf erhebt sich ebenfalls aus dem Bett, geht in die Küche und liest die SMS. Dann telefoniert er kurz mit Donna. „Tut mir leid", sagt er.

„Ich hoffe doch, dass es dir nicht Leid tut", entgegnet sie. „Wollte dir auch nur sagen, dass du dir um uns keinen Kopf machen sollst. Wir sind bestens versorgt. Können ja nachher noch mal quatschen. Wir gehen jetzt erstmal frühstücken. Aber vergiss bitte nicht, heute ist unser letzter Tag. Morgen reisen wir ab", informiert sie Ulf und beendet das Gespräch. „Alles okay?", schallt es auf dem Bad. „Ja, ja, alles okay", bestätigt Ulf und nimmt einen tiefen Zug aus der auf dem Tisch stehenden Mineralwasserflasche. „Bah", befindet er mit zusammengekniffenem Gesicht. „Das ist ja piwarm." Dann wirft er sich in der Küchenspüle einige Spritzer kaltes Wasser ins Gesicht, trocknet sich mit einem Küchenpapier ab und beißt herzhaft in einen Apfel aus der Obstschale, während er sich anzieht. „Wie, du bist ja schon angezogen", stellt Belinda staunend fest, als sie aus dem Bad kommt.

„Ich geh erstmal rüber und mach mich wieder landfein", erklärt Ulf. „Lass uns nachher telefonieren, ja?" Belinda schaut etwas entgeistert. „Ich dachte, wir frühstücken erstmal", wundert sie sich und lässt ihre momentan wieder absinkende Stimmungslage in ihre Betonung einfließen. „Belinda. Heute haben Donna und Amy ihren letzten Tag auf der Insel. Morgen fliegen sie wieder zurück. Ich hoffe, du verstehst das", sagt Ulf, während er seinen Schal umlegt und in seine dicke Jacke schlüpft. Belinda nickt. Sie spürt zwar wieder diesen komischen Kloß in ihrem Hals, gibt ihm aber dennoch einen flüchtigen Kuss auf die Wange. „Lass dir Zeit, Ulf. Kannst dich ja melden, wenn dir danach ist, ja?", gibt sie ihm mit auf den Weg, als Ulf das Appartement verlässt.

Grübelnd schleicht er, zwischendurch immer wieder zum Himmel blickend, zurück zum Hotel und reibt sich dabei mehrfach über die stoppelige Gesichtshaut. Im Hotel angekommen blickt er kurz in den Frühstücksraum, wo Donna und Amy sitzen. Er schaut an sich herunter, reibt sich noch mal über die Bartstoppeln, dann zieht er seine Jacke aus und betritt den Raum. „Kaffee oder doch lieber Tee, Herr Bernsen?", vernimmt er von der zu ihm eilenden Stefanie. „Tee bitte, und ganz viel frischen Ingwer", bestellt Ulf, geht zu Amy und Donna an den Tisch und hängt die Jacke über eine Stuhllehne. „Guten Morgen", begrüßt er die beiden und setzt sich.

„Wie, kein Küsschen?", fragt Amy. Ulf zeigt auf sein Gesicht. „Bin noch nicht rasiert", erklärt er. „Das ist kein Grund", befindet Amy, erhebt sich von ihrem Stuhl und gibt Ulf einen dicken Schmatz auf die Wange. „Bäh, das kratzt ja doch ganz schön", stellt sie fest, schaut zu Donna und reibt sich mit dem Handrücken über die Lippen. „Die Männer meiner Generation sind nicht so kratzig", sagt sie vielsagend grinsend, zieht dabei leicht den Kopf ein, nimmt mit zwei Händen ihre Tasse und nippt daran.

Donna und Ulf schauen sich an. „Schon 'nen Plan für heute?", fragt Ulf. „Ich wollte mich eigentlich noch mal mit Lennart treffen", legt Amy vor. „Vielleicht wäre es ratsam, wenn zumindest wir drei unseren heutigen Tag gemeinsam verbringen", sagt Donna, und es klingt ziemlich entschieden, wie sie das sagt. Amy zieht den Kopf ein und sieht Ulf an, der seinen von Stefanie gereichten Tee und den frischen Ingwer entgegennimmt. Der Klingelton seines Handys signalisiert plötzlich, dass er erneut eine SMS erhalten hat. Er fingert das Gerät aus der Jackentasche und schaut drauf. „Ist von Belinda. Sie möchte uns gern zum Essen einladen", berichtet er. „Man, immer nur essen gehen. Wir haben noch nicht mal gefrühstückt und reden schon wieder übers Abendessen", äußert Amy ihren Unmut. Erneut treffen sich Ulf und Donnas Blicke. „Wie stellst du dir denn unseren Tag vor?", fragt Donna.

„Ach, weiß ich auch nicht. Immer alles planen. Das ist ja wie in der Schule. Erst Mathe, dann Englisch, dann Bio. Immer genau auf die Stunde. Eigentlich habe ich Ferien. Wisst ihr was, macht einfach was aus und sagt mir Bescheid, von wann bis wann ihr mich braucht. Dann bin ich da. Aber jetzt mache ich mein Ding." Amy nimmt ihre Serviette vom Schoß und legt sie auf den Tisch. Dann erhebt sie sich, gibt erst Donna und dann Ulf einen Schmatz auf die Wange und verlässt den Raum.

„Peng!", sagt Donna und fügt hinzu: „Das hat aber gesessen, oder?" Ulf schmunzelt. „Wie warst du denn in dem Alter? Kannst dich noch erinnern?", erkundigt er sich. Donna nickt sehr nachdenklich. „Ja, Ulf, ich kann mich noch sehr gut erinnern. Ich hatte einen Freund, der hatte gerade seine Pilotenausbildung absolviert und wir standen vor der Frage, ob wir noch vor seinem Kriegseinsatz heiraten sollten."

„Kriegseinsatz?", fragt Ulf entgeistert. „Ja, Kriegseinsatz!", unterstreicht Donna besonders betonend. „Vergiss nicht, damals herrschte auf dem Balkan Krieg, da kämpfte doch Jeder gegen Jeden und in den Nato-Staaten, also auch bei uns in England, wurde täglich darüber diskutiert, ob man da nicht eingreifen sollte. Was dann später ja auch geschehen ist. Und mein Freund war nun mal Pilot der Royal Air Force …"

Donnas Stimme versagt, Ulf schluckt schwer. Er nimmt ihre Hände, umschließt sie ganz fest und schaut einfach nur schweigend seine Tochter an, die dann nach einer Weile ihre Hände aus Ulfs nimmt und sich die Nase putzt. „Na ja, Gott sei Dank musste er da nicht hin. Den Rest der Geschichte mit Steven kennst du ja. Aber das war ich mit Neunzehn", erklärt Donna und versucht, ihre Fassung wieder zu gewinnen.

„Warum bleibst du nicht noch?", fragt Ulf. Donna schüttelt den Kopf. „Ich habe einen Freund, Ulf. Der tut sich auch von Jahr zu Jahr schwerer damit, dass ich Weihnachten nie da bin."

„Dann bring ihn doch mit. Wo ist das Problem?", erwidert Ulf. „Das ist meine Sache", antwortet Donna und es klingt so entschieden, dass Ulf keine weiteren Fragen mehr zu diesem Thema stellt. Er gießt sich Tee ein, schmiert sich ein Brötchen und blickt zu Donna, die gedankenverloren, in beiden Händen ihre Tasse haltend, ihren Kaffee schlürft und aus dem Fenster schaut.

Amy kommt dick eingemummelt zurück an den Tisch. „Oh, Familienerinnerungen", stellt sie sogleich fest, sagt kein weiteres Wort, winkt einfach nur kurz mit der Hand und verlässt das Hotel. Ulf blickt ihr nach, beißt schweigend in sein Brötchen, ordert per Zeichensprache bei der immer wieder aufmerksam herüberblickenden Stefanie einen weiteren Tee und für Donna Kaffee.

„Was ist denn mit dir und Belinda? Was bahnt sich denn da an? Mal was Ernstes?", fragt Donna plötzlich. Ulf zuckt mit den Schultern. „Wird sich alles herausstellen", sagt er. Donna nickt, sagt aber nichts, sondern schaut den nachdenkenden Ulf nur an.

„Wir verstehen uns gut", bestätigt er nach einer Weile. „Das sind richtig erfrischende Gespräche mit ihr. Weißt du, die Frau hat viel erlebt und will vor allem auch noch viel erleben. Das gefällt mir", erklärt er. Donna lächelt. „Nicht so 'ne Langweilige wie sonst immer, oder?"

„Na ja, was heißt langweilig wie sonst immer." Ulf beobachtet die Getränke servierende Stefanie, gleichzeitig denkt er weiter nach. „Sagen wir mal so. Es hat bisher keine gegeben, wo ich gesagt hätte, die kommt in meine Familie", erläutert er und fragt: „Verstanden, was ich meine?"

„Ja, das habe ich verstanden." Donna ist gerührt. „Vielen Dank." Ulf ruckelt mit dem Oberkörper. „Aber jetzt muss eine Entscheidung her. Also, sag was", fordert er von Donna, die ihre Hände auf die von Ulf legt. „Gut. Dann gehen wir mit ihr essen." Ulf nickt, blickt sich kurz im Frühstücksraum um und beginnt, eine SMS an Belinda zu tippen. „Dann soll sie entscheiden, wann und wo", sagt er listig schmunzelnd. „Und, wir beide machen mal 'nen richtig schönen Marsch über die Insel. Einmal Boutiquenbummel in Keitum und dann wieder zurück?"

„Wenn du mir was Schönes kaufst, gern", befindet Donna. Dann gehen sie in die Suite, wo Ulf aber erst noch einmal duscht und sich rasiert, bevor sie ihren Fußmarsch nach Keitum beginnen, dort durch die verschiedenen Edelläden gehen, letztendlich aber nur einen Pullover für Amy kaufen und dann, nach einem Tee bei Fisch-Fiete auch den ganzen Weg zurücklaufen.

Auf dem Rückweg erhält Ulf einen Anruf von Belinda, die nun mitteilt, dass sie bei Müller für 19 Uhr einen Tisch reserviert hat und wissen möchte, mit wieviel Personen Ulf erscheinen wird. „Ich gebe dir in spätestens zehn Minuten Bescheid", sagt Ulf und bittet Donna, Amy anzurufen, die dann sehr ausschweifend erklärt, dass sie später wohl noch gern dazu kommen möchte, aber nicht mit essen wolle und dass es ihr schwer fiele, jetzt schon Abschied zu nehmen, wo sie sich doch gerade erst eingelebt habe. Donna lauscht nickend den Worten ihrer Tochter und schaut dabei lächelnd zu Ulf. „Gut Amy, ich habe verstanden. Schönen Abend", beendet sie das Gespräch. „Schätze mal, auf die junge Dame werden wir heute verzichten müssen", erklärt sie schmunzelnd und mit einem leichten Kopfschütteln. Ulf lächelt ebenfalls und ruft Belinda an: „Wir sind zu zweit und holen dich kurz vor sieben Uhr ab, okay?"

„Das ist sehr nett von euch, vielen Dank", freut sich Belinda und fragt: „Muss ich mich da für Müller eigentlich aufbrezeln?"

„Sei einfach ganz normal. Bisher warst du jedenfalls immer richtig gekleidet, wenn wir uns gesehen haben. Ich denke, daran wird sich auch nichts ändern", entgegnet Ulf. „Gut, dann bis nachher, ich freue mich sehr", sagt Belinda, beendet das Gespräch und ruft ihre Töchter an, um ihre Vorfreude mit jemandem zu teilen.

Während Ulf und Donna mit strammen Schritten Richtung Westerland laufen, tobt Amy, nachdem sie mit Lennart den ganzen Tag auf „seiner Bude", wie er es nennt, verbracht hat, mit ihm durch die Dünen. „Aber eine gesellschaftliche Verpflichtung haben wir heute Abend noch zu erledigen. Ich check nur mal ab, wie das laufen soll", verkündet sie und ruft Donna an, die ihr dann erklärt, dass sie mit Ulf und Belinda um 19 Uhr zu Müller gehen.

„Sehr gut", befindet Amy. „Dann lassen wir euch zwei Stunden in Ruhe und kreuzen denn noch mal auf, um Tschüss zu sagen. Oder könnt ihr auch ganz auf uns verzichten?"

„Amy, du entscheidest das. Wenn du da bist, bist du da, wenn nicht, geht die Welt auch nicht unter", sagt Donna.

„Okay, okay", wirft Amy ein. Sie klingt etwas genervt. „Ist ja gut, ich habe verstanden. Also, wenn wir kommen sind wir da, wenn nicht, dann nicht."

„Genau", bestätigt Donna und beendet das Gespräch.

Amy schaut auf ihr Handy, schüttelt den Kopf und umarmt Lennart. „Ich glaub, die brauchen uns gar nicht."

Belinda hat währenddessen die Gespräche mit ihren Töchtern beendet und erkundigt sich bei Birgit, ob es denn richtig sei, wenn sie zu Müller ihren Cordanzug anziehe. „Du musst doch da bei diesen Temperaturen nicht im schulterfreien Abendkleid aufkreuzen. Das mit dem Hosenanzug ist schon richtig", entscheidet Birgit und wünscht Belinda einen schönen Abend, wobei sie nicht versäumt, ihr noch zu sagen, dass sie sie um das Essen bei Müller beneide. „Und grüß den netten Herrn. Vielleicht lerne ich ja auch noch mal so etwas kennen", hofft sie. Belinda lächelt vor sich hin, geht zum Kühlschrank, öffnet sich eine Flasche Champagner und gießt sich ein Glas ein. Nachdem sie einen Schluck getrunken hat, stellt im Schlafzimmer ihre Garderobe für den Abend zusammen und geht zurück ins Wohnzimmer, um weiter an ihrem Champagner zu nippen und noch etwas in ihrem heute gekauften Sylt-Roman zu lesen. Die Zeit vergeht wie im Fluge.

Als es an ihrer Haustür klingelt, schaut sie erschrocken zur Uhr. Belinda rennt zur Tür, drückt den Summer und ruft in die Gegensprechanlage: „Kommt bitte noch kurz hoch. Ich bin gleich soweit." Sie öffnet die Wohnungstür, rennt ins Schlafzimmer und zieht sich blitzschnell um.

Ulf und Donna betreten die Wohnung und stehen schon im Wohnzimmer, als Belinda, sich noch schnell durch die Haare wuselnd, den Raum betritt und sofort zum Kühlschrank geht. „Ein Gläschen auf den Abend trinken wir noch hier, dann gehen wir rüber, ja?" Sie holt noch zwei Gläser und gießt den Champagner ein. „Ich freue mich sehr, vielen Dank. Schade, dass Amy nicht dabei ist. Naja, in dem Alter will man ja auch lieber unter sich sein. Wir waren da ja auch nicht anders. Prost." Ulf und Donna prosten Belinda zu, schauen sich wegen der von Belinda gemachten Aussage zum Thema „wie das in *dem* Alter so ist" an und denken an ihre Unterhaltung vom heutigen Vormittag.

Sie leeren ihre Gläser und gehen zu Müller, wo sie wiederum nett und freundlich empfangen werden. „Dürfen wir denn gleich mit dem Servieren beginnen?", fragt der Donna und Ulf schon bekannte Restaurantchef und schaut zu Ulf, der zunächst etwas überrascht reagiert, dann aber mit der Hand auf Belinda deutet. „Das ist übrigens Frau Priest. Sie entscheidet heute."

„Ja, das dürfen Sie", beantwortet Belinda die Frage des Restaurantchefs, von dem sie zu ihrem Tisch geführt werden, auf dem eine gedruckte Menukarte die Reihenfolge der Speisen weist. „Ich habe uns ein Menu zusammengestellt, ich hoffe, ihr seid damit einverstanden?", erklärt sie, bittet Donna, sich neben sie zu setzen, um Ulf gegenüber zu haben, und weist dann den Restaurantchef an, den von ihr vorbestellten Wein zu servieren. Sofort beginnt der Chef den Ablauf zu delegieren. Während nach und nach die einzelnen Gänge serviert werden, kümmert sich der Restaurantchef immer wieder darum, den Wein selbst nachzuschenken. Ulf verbringt einen ruhigen, genießerischen Abend. Er konzentriert sich auf sein Essen und hört geduldig zu, denn es sind Belinda und Donna, die nun viele Gemeinsamkeiten entdecken und sich überaus angeregt unterhalten.

Mode, Modefotografie, der generelle Stellenwert von Mode, die Darstellung von Mode in Zeitschriften, Zeitungen, Film und Fernsehen sind die Themen. Irgendwann, schon beim Dessert, kommt erneut das Thema Film auf und Belinda bemerkt mit einem Seitenblick auf Ulf, dass aber nicht nur die Frauen-, sondern auch die Männermode in Filmen eine Rolle spielt und dass Richard Gere zum Beispiel in „Pretty Woman" nur Anzüge von Cerutti getragen hat oder für Brad Pitt und Tom Cruise extra Lederjacken entwickelt wurden.

„Das gab es früher auch schon", mischt Ulf sich ein. „Steve McQueen wurde für den Film „Le Mans" extra mit einer besonderen Uhr ausgestattet. Die ist heute noch Kult. Die hätte ich auch gern", fügt er hinzu und schaut auf seine Armbanduhr, die wie Belinda schon auf der Zugfahrt bemerkt hatte, auch nicht gerade aus dem Kaufhaus ist.

„Männer und Technik", schmunzelt Donna mit einem Blick auf Belinda und trinkt einen Schluck von ihrem Wein. „Nee, nee, nee. Mir geht es gar nicht um Technik", korrigiert Ulf. „Mich interessieren mehr die *schönen* Dinge des Lebens. Das sieht man doch schon an den mich begleitenden Damen." Er hebt sein Glas, prostet Donna und Belinda zu, stellt das Glas aber wieder ab, um die Zeit, in der die Damen trinken, zum Weiterreden zu nutzen: „Es geht hier um Marketingaktionen."

„Achtung, Belinda. Jetzt ist er in seinem Element", warnt Donna grinsend.

„Ja, weil das auch ein hoch interessantes Thema ist und weil es immer noch viel zu wenig genutzt wird. Was glaubt ihr, warum Autofirmen den Filmgesellschaften ihre neuesten Modelle hinstellen? Die denken sich doch was dabei." Ulf sprudelt: „Ihr kennt doch sicherlich den Film „Der Teufel trägt Prada"?"

Belinda mischt sich ein. „Herrlich, eine herrliche Geschichte. So wie das da dargestellt wurde, so ähnlich war mein Arbeitsalltag in meinem Verlag in New York. Gut, der Film war natürlich übertrieben, aber ich fühlte mich da manchmal richtig ertappt", erklärt sie, um dann Ulf anzusehen. „Aber, was wolltest du sagen? Entschuldige bitte, ich habe dich unterbrochen."

„Wisst ihr, dass Prada, seit der Film erschienen ist, seine Gewinne verdoppelt hat?", fragt er. Belinda und Donna schauen sich an. Ulf nickt, um seine Aussage zu bestätigen. Seine Miene wird nachdenklich. „Die Marke selbst kommt in dem Film eigentlich gar nicht richtig vor, aber der Name ist in aller Munde. Selbst bei Menschen, die Prada vorher gar nicht kannten."

Er macht eine Pause. Donna und Belinda schweigen ebenfalls und essen weiter. „An solchen Themen arbeite ich mit den Kunden unserer Agentur", berichtet er. „Aber, die tun sich teilweise noch sehr schwer mit diesem Thema."

Nachdenklich lehnt er sich zurück, schaut kurz zur Decke und beugt sich dann wieder vor. „Ich arbeite da gerade an diesem Thema. Wie eine Firma durch eine Filmgeschichte ihren weltweiten Bekanntheitsgrad quasi so steigern kann, dass fast jeder sie kennen wird."

„Wie willst du das machen?", erkundigt sich Belinda interessiert. „Dafür braucht man eine gute Geschichte", fügt sie hinzu. Ulf nickt, er ist weiterhin nachdenklich, schaut Belinda allerdings, feste Entschlossenheit signalisierend, tief in die Augen. „Die Geschichte habe ich schon, Belinda. Und den dafür in Frage kommenden Kunden auch! Der muss das nur endlich abnicken, damit wir richtig loslegen können."

Donnas Handy klingelt ganz kurz und verstummt dann wieder. Sie greift in ihre Handtasche und schaut auf das Display. „Amy", erklärt sie und erhebt sich vom Tisch, um zu telefonieren.

„Wie willst du das mit dem Kunden angehen?", fragt Belinda interessiert nach. „Das besprechen wir mal in Ruhe, dauert etwas länger", vertröstet Ulf und schaut sie, nach seinem Glas greifend, lange mit einem, wie Belinda empfindet, sehr vertraut wirkenden Blick an.

„Amy entschuldigt sich", sagt Donna, als sie an den Tisch zurückkehrt. „Da hat wohl jemand einen ganz schweren Eindruck hinterlassen."

„Herrlich, diese jugendliche Sozialakquisition", befindet Ulf und schwelgt in Erinnerungen. „Bei manchen hört das doch nie auf", entgegnet Donna und blickt mit einem süffisanten Grinsen zu Ulf.

„Das kommt doch immer auf die jeweiligen persönlichen Umstände an", betont er, die Anspielung seiner Tochter genau verstehend. Wieder hebt er sein Glas: „Manchmal dauert es halt. Prost!"

„Noch 'ne Flasche?", fragt der wieder an den Tisch geeilte Restaurantchef, als er beim Nachschenken bemerkt, dass die Flasche nahezu leer ist. Belinda deutet fragend mit ihren Händen auf Donna und Ulf, der kurz wieder auf seine Uhr guckt und dann den Chef anschaut. „Vielen Dank, gut gemeint. Aber wir müssen noch laufen."

„Dann bringen Sie mir bitte auch gleich die Rechnung. Oder, nein, warten Sie. Ich komme zu Ihnen nach vorn. Dann kann ich vorher auch noch mal schnell verschwinden", sagt Belinda und entfernt sich, ebenso wie der Chef, vom Tisch.

„Nett. Sehr nett!", befindet Donna und streckt Ulf ihre Hände entgegen. Ulf sagt nichts. Er nimmt ihre Hände und schaut Donna sehr lange an, bis er ihr schließlich zunickt. „Wollen wir?", fragt Belinda, als sie an den Tisch zurückkommt.

„Ich verschwinde denn auch noch mal schnell. Wartet einfach vorn auf mich", äußert Donna und verlässt das Restaurant, während

Belinda und Ulf nach vorn gehen und sich ihre Garderobe geben lassen.

„'Tschuldigung, konnte mich gar nicht um Sie kümmern", vernehmen sie die Stimme von Herrn Müller. „Aber schnell noch einen aufs Haus. Habe da einen ganz leckeren Apfelbrand hereinbekommen. Den müssen Sie unbedingt noch probieren", entscheidet er und weist den Chef mit einer Handbewegung an, noch schnell einen Digestif zu bringen.

„Obst kann man ja auch im Stehen zu sich nehmen", äußert Belinda und bemerkt, dass die Getränke des heutigen Abends doch so langsam ihre Wirkung zeigen. „Aber du bringst mich nach Hause", bittet sie Ulf. „Erst Donna und dann mich."

Donna kommt genau in dem Moment zurück, als der Chef die kleinen Gläser mit dem Deckel reicht. „O ha", sagt sie und greift nach dem gereichten Glas. „Am besten ist, ihr nehmt mich gleich in die Mitte und bringt mich heim."

Herr Müller prostet mit einem Wasserglas seinen Gästen zu: „Nicht böse sein, aber ich muss noch arbeiten", entschuldigt er sich, bedankt sich für den Besuch, wünscht noch einen schönen Abend und verschwindet wieder in seiner Küche.

Donna, Belinda und Ulf trinken in Ruhe ihren Apfelbrand, verlassen dann das Lokal und gehen in der von Donna vorgegebenen Ordnung zum Hotel, wo sie sie in die Suite geleiten.

Anschließend begleitet Ulf Belinda nach Hause und folgt ihrer Einladung, die Nacht bei ihr zu verbringen.

„Übrigens, so artig hättest du gar nicht bleiben müssen", bemerkt Belinda am nächsten Morgen, als sie mit Ulf vor dem Waschbecken im Badezimmer steht und sich die Zähne putzt. „Wir sind keine zwanzig mehr, Belinda", sagt Ulf, um sich dann mehrmals kräftig den Mund auszuspülen. „Außerdem warst du kaum im Bett, da hast du schon geschlafen", fügt er hinzu, stellt den Zahnputzbecher ab und geht zurück ins Schlafzimmer.

„Aber wir sind auch noch nicht hundert", kichert Belinda, rennt hinter ihm her, schubst ihn auf das Bett und wälzt sich über ihn.

In der Suite packen Donna und Amy ihre Koffer. „Ulf ist gar nicht da", wundert sich Amy.

„Na, da mach dir mal keinen Kopf um deinen Opa. Der war sicherlich gut aufgehoben heute Nacht", schmunzelt Donna und schaut mit einem vielsagenden Blick zu Amy, die gedanklich sofort eine Verbindung zu ihrer Situation herstellt. „Ach toll. Ich würde übrigens auch gerne noch bleiben. Der Lennart ist echt 'n richtig Netter, Mama. Der würde dir auch gefallen."

„Vielen Dank, liebe Amy, ich bin versorgt. Aber nett, dass du mir deinen Lover anbietest", sagt sie lachend.

„Hey, was du da immer reininterpretierst. So war das gar nicht gemeint", lacht nun auch Amy und wirft mit einem Kissen nach ihrer Mutter. Dann wird sie plötzlich ernst. „Mama, ich brauch mal deinen Rat."

Donna unterbricht das Kofferpacken und setzt sich auf einen Stuhl. „ Und welchen Rat soll ich dir geben?"

„Na wegen Lennart", erklärt Amy. „Der bleibt noch bis zum sechsten Januar."

„Wer ist denn dein Lennart eigentlich, hmm?", fragt Donna.

„Der studiert. Und jetzt rate mal, was", antwortet Amy und ruckelt voller Spannung mit ihrem Oberkörper.

„Ich höre!", ermuntert Donna ihre Tochter.

„Der wird Textilingenieur. Vielleicht können wir da später mal 'ne eigene Firma gründen."

Donna erhebt sich vom Stuhl. „Wie, nun doch wieder Mode? Kein Hotelfach mehr? Na, da scheinen sich ja zwei gefunden zu haben. Du zeichnest und er baut die Maschinen, die dann die Sachen zusammennähen. Aber ich dachte, der verkauft Fisch."

Amy wird böse, richtig böse. „Mama, du nimmst mich nicht ernst", beklagt sie sich, sodass Donna bemerkt, wie ernst die Unterhaltung für ihre Tochter ist. Sie dreht sich zu Amy. „Doch, ich nehme dich ernst, mein Schatz. Aber Tipps zu Männern gebe ich grundsätzlich nicht. Da blicke ich selbst nicht immer so richtig durch."

„Also mit anderen Worten, du reist ab, ja? Wegen Tommy und Silvester?", fragt Amy.

„Ja. Das haben wir so abgemacht. Und daran halte ich mich. Aber du kannst ja mit deinem Opa reden, ob du noch bleiben darfst. Ulf bleibt doch auch bis zum Sechsten. Und dann feierst du mit deinem Lennart", rät Donna ihrer sofort begeistert guckenden Tochter und greift zu ihrem Handy: „Du kannst mich doch zum Flugplatz fahren, oder? Ach ja, Amy würde gern noch bleiben." Sie lauscht kurz Ulfs Ausführungen und antwortet dann: „Gut, bis gleich. Ich geh dann schon zum Auto."

„Du bist ein riesengroßer Schatz, Mama", lobt Amy und fällt Donna um den Hals. „Das ist mal wieder eine taktische Meisterleistung, wie du den Ulf vorbereitest." Ganz fest umschlingt Amy ihre Mutter. „Ich hab dich ganz doll lieb."

„Ich dich auch, mein Schatz. Und jetzt genieß einfach noch die Tage. Bist ja gut aufgehoben hier, bewacht von zwei Männern." Donna packt ihre restlichen Sachen in den Koffer, zieht ihren Mantel an, schnappt ihre Handtasche und geht, von Amy begleitet, durch die Hotelhalle zum Parkplatz, wo der Bentley auf sie wartet. In diesem Moment öffnen sich die Türen des Wagens und Ulf kommt ihnen mit dem Autoschlüssel in der Hand entgegen.

„Entschuldigung. Ich habe mich vertrödelt", sagt er und lädt den Koffer ein. „Schöne Grüße von Belinda."

Donna schaut Ulf an. Sie lächelt und mustert ihn. „Amy möchte noch bleiben. Ihr müsst dann nur ihren Rückflug umbuchen", erklärt sie. Ulf schaut erst Donna an, dann Amy. Die umarmt ihn und gibt ihm einen Kuss. Ulf atmet tief durch und verdreht die Augen. „Wir müssen …"

„Danke, mein Alter. Bis nachher", jubelt Amy, umarmt Ulf und drückt Donna, dann rennt sie, ihr Handy aus der Tasche ziehend, zurück in die Suite.

„Stört Amy dich auch nicht?", fragt Donna beim Einsteigen.

„Na, dafür werde ich schon sorgen", lächelt Ulf und startet den Wagen. „Willst du nicht auch noch bleiben?"

„Ich habe Tommy versprochen, dass ich heute wieder da bin. Und du kennst mich. Wenn ich etwas verspreche, dann halte ich es auch", unterstreicht Donna ihre Vorhaben auf der kurzen Fahrt zum Flughafen, wo sie aussteigen, Ulf ihr den Koffer gibt und sie sich innig umarmend verabschieden.

Noch einmal winkt Ulf aus dem Auto heraus Donna zu, dann greift er zu seinem Handy: „Amymaus, natürlich kannst du bleiben, aber dann beweg jetzt deinen Hintern und buch den Flug um. Und damit du das auch gleich lernst, buchst du bitte auch noch die Hotelzimmer um.

Ulf beendet sofort das Gespräch, schaut listig auf sein Handy und wählt erneut eine Nummer: „Chrischan? Also, nur zur Info. Ich bringe Silvester jemanden mit." Mehrfach nickt er, als Chrischan ihm den geplanten Ablauf des Silvesterabends schildert und antwortet dann: „Danke dir! Hau rein. Freu mich."

Ulf fährt zurück auf den Parkplatz des Hotels, dann betritt er die Suite, in der Amy am Schreibtisch vorm Laptop sitzt, während Lennart zu Ulfs Überraschung auch da ist und auf dem Sofa hockt.

„Störe ich?", fragt er mit einem leichten Unterton. Amy steht auf und legt ihre Arme um Ulf. „Danke noch mal, vielen Dank. Ist alles getimed, my friend. Ich fliege am Zweiten zurück. Und wir behalten die Suite, zahlen aber nur noch die Hälfte. Oder willst du zu Belinda ziehen? Dann packe ich und geh zu Lennart. Der hat hier auch 'ne Bude. Ist aber nicht so schön wie hier." Sie drückt ihm einen Kuss auf die Wange und löst ihre Umarmung.

Ulf schaut etwas überrascht zwischen Lennart und Amy hin und her. „Also, eh, eh. Nee, ist gut, alles gut. Wir bleiben hier. Aber falls Belinda mich besucht, machst du die Flatter."

Amy geht zu Ulf, drückt ihm einen Kuss auf die Wange und streckt dann ihre Hand in Richtung Lennart aus. „Komm." Die beiden verlassen die Suite und Ulf ruft Belinda an: „Sehen wir uns? Okay, ich hole dich ab. Bis gleich."

Er geht, beim Verlassen des Hotels wieder seinen üblichen Blick zum Himmel werfend, zu Belinda. „Also nun mal kurz zu morgen Ab …", will Ulf erklären. „Lass uns erstmal einfach da weitermachen, wo wir vorhin aufgehört haben", entscheidet Belinda und dirigiert ihn mit geschickten Gesten und Berührungen wieder ins Schlafzimmer.

Am Abend signalisiert Ulfs Handy, dass er eine SMS erhalten hat. Er wirft einen Blick auf die fest schlummernde Belinda, schleicht leise aus dem Bett und liest dann im Wohnzimmer die SMS von Donna. Die teilt ihm mit, dass sie gut in Düsseldorf angekommen sei, auch schon mit Helen und Amy telefoniert habe und schön grüßen soll. Ulf erschrickt, als beim Lesen der SMS sein Handy plötzlich klingelt. „Ulf Bernsen", meldet er sich. „Warum denn so förmlich? Ich bin's doch nur", hört er Amys Stimme.

„Wieso sagst du *nur*? Du bist mir doch mit das wichtigste, was es auf dieser Welt überhaupt gibt", sagt er und schaut zum Bett, wo Belinda langsam wach wird, zur Uhr sieht und dann erschrocken aus dem Bett springt.

„Was macht ihr?", fragt Amy. „Habt ihr nichts Besseres zu tun, als mit uns Alten den Abend zu verbringen?", stellt Ulf schmunzelnd eine Gegenfrage. „Doch, doch, wollte nur höflich sein und wenigstens fragen. Na gut, dann kommt ihr ja alleine klar, mein Opapa", reimt Amy. Mit einem „Schönen Abend und schöne Grüße" beendet sie das Gespräch.

„Und, familiäre Verpflichtungen?", will Belinda wissen, als sie aus dem Bad kommt. „Nee, ich habe frei bekommen", erwidert Ulf und gibt Belinda einen Kuss. „Lass uns heute mal einen seniorengerechten Abend verbringen. Schließlich sind wir morgen Abend schon wieder eingeladen", schlägt er vor.

„Und wie soll der Seniorenabend aussehen?", erkundigt sich Belinda. „Stulle schmieren, Wurst drauf und 'n Bier dazu; Füße hoch und Fernsehen gucken", antwortet Ulf. „Einverstanden. Und wo bist du morgen eingeladen?", will Belinda wissen. „Nicht ich. Wir! Bei Chrischan, in Kampen. Das ist der, dem auch der Bentley gehört", erklärt Ulf und greift nach einer auf dem Wohnzimmertisch liegenden Fernsehzeitschrift, während Belinda beginnt, Brote zu schmieren. „Magst du eigentlich Hamburger Gekochte?", fragt sie.

„Armdick. Die kannst du mir armdick draufschmieren. Dafür würde ich nachts sogar aufstehen", erläutert Ulf seine Vorliebe für diese Aufschnittspezialität. „Wenn du auch noch saure Gurken oder Tomaten hast, ist das gar nicht mehr zu toppen", fügt er hinzu und sieht, dass Belinda mit einem lauten „Trara" ein Glas mit Gurken in die Höhe hält.

„Jo", sagt Ulf freudestrahlend. „Der Abend wird absolute Spitze. Im Fernsehen kommt nachher „Curly Sue." Ich mag diese gut gemachten Schmonzetten. Herrlich", äußert er eine weitere seiner Vorlieben. Gleichzeitig denkt er an Helen, die heute in London die Premiere ihres neuen Theaterstücks feiert.

Währenddessen bummeln Amy und Lennart verträumt und eng umschlungen am Westerländer Strand entlang. „Also morgen Abend feiern wir zusammen", sagt Amy. „Aber heute schlafe ich im Hotel. Sonst ist mein Opa da ganz allein. Und das kann ich nicht verantworten", schwindelt sie, um den Abend für sich ganz allein mit einer Tüte Chips und ihrer geliebten Cola in der Suite vor dem Fernseher zu verbringen und sich ebenfalls „Curly Sue" anzusehen.

Erneut wird Ulf durch das Klingeln seines Handys gestört. „Man, Leute, ich hab Urlaub", stöhnt er und schaut auf das Display. „Na, mein Peter", meldet er sich.

„Du, sag mal, morgen Abend bei Chrischan, nehmen wir da irgendetwas mit oder wie machen wir das?", fragt Peter. „Was willst du denn zu Chrischan mitnehmen? Der hat alles da, Peter", antwortet Ulf, der schon mehrere Feiern bei Chrischan mitgemacht hat und sich schon vor vielen Jahren mit ihm darauf geeinigt hat, dass bei derartigen Anlässen die Gäste außer guter Stimmung nichts Weiteres mitzubringen haben. „Aber irgendetwas muss man doch mitbringen?", bleibt Peter hartnäckig.

„Jo. Nimm einfach deine Gaby mit", entgegnet Ulf schmunzelnd. „Und du? Bringst du auch jemanden mit?", erkundigt sich Peter.

„Jep", bestätigt Ulf. „Aber ich muss jetzt. Bin gerade zu Besuch. Kann nicht so lange schnacken. Dat ist unhöflich. Also, bis morgen Abend. Hau rein." Ulf beendet das Gespräch und schaut auf die Brote schmierende Belinda, die nun fragt: „Was ist denn das morgen Abend da bei dem, wie heißt der noch mal, Krischen oder so?"

„Chrischan heißt der. Wir feiern Silvester. Rustikal, aber immer vom Feinsten bei ihm", erklärt Ulf. „Und was ziehe ich da an?", überlegt Belinda laut.

„Meinetwegen dasselbe wie gestern", entgegnet Ulf. „Das sah doch schick aus."

„Dann muss ich schnell noch mal die Bluse durchwaschen." Belinda unterbricht das Schmieren der Brote und schrubbt dann im Badezimmer ihre gestern getragene Bluse, woraufhin Ulf die Küchenarbeit fortsetzt, sich dann mit Belinda vor den Fernseher setzt und die geschmierten Stullen verdrückt. Nachdem sie den Film geguckt haben, macht Ulf sich auf, um ins Hotel zu gehen. „Ich werde Amy da nicht alleine lassen", begründet er seinen Entschluss und unterbreitet Belinda einen Vorschlag: „Was hältst du davon, morgen früh zu uns zum Frühstück zu kommen? Das ist echte Spitzenklasse, das wird dir gefallen."

„Wann soll ich da sein?", fragt Belinda. „Wir frühstücken meistens so gegen halb zehn", sagt Ulf. „Aber bis elf werden wir allemal da sitzen. Sei einfach da." Er umarmt und küsst sie, von ihr innig erwidert, lange auf dem Mund. Dann streicht er ihr zärtlich über die Wange, zieht seinen Parka an und geht zum Hotel, wo zu seiner Überraschung Amy auf dem Sofa im Wohnzimmer vor dem laufenden Fernseher hockt, allerdings mit ihrer Chipstüte in der Hand eingeschlafen ist und so gar nicht mitbekommt, dass Ulf das Zimmer betreten hat.

Erst als Ulf den Ton des Fernsehers abstellt, wird Amy wach. „Hey, ich gucke einen Film", schmollt sie. „Den habe ich auch gesehen", sagt Ulf und erklärt Amy, dass der schon seit einer halben Stunde nicht mehr läuft. „Oh, ich muss eingeschlafen sein", stellt sie fest.

„Ist wohl so", bemerkt Ulf trocken und fragt: „Was trinken?"

„Mh mh. Hab noch meine Cola", sagt Amy, während Ulf sich ein Bier aus der Bar nimmt. Der Versuch, noch ein Gespräch zu beginnen, scheitert allerdings kläglich, denn Amy legt mit einem „kannste aufessen" ihre Chipstüte auf den Tisch, geht zu ihm, drückt ihm einen Kuss auf die Wange und verschwindet in dem bis heute früh noch von Donna benutzten Schlafzimmer. Lächelnd schaut Ulf ihr hinterher.

Dann öffnet er die Bierflasche, setzt sich an den Wohnzimmertisch, klappt immer wieder an seinem Bier nippend nach einer Weile seinen Laptop auf und schaut noch einmal die von Helen geschenkte DVD an.

„Was ist ’n das für ’ne Musik?", hört er plötzlich. Amy steht, in ihre Bettdecke gehüllt, hinter dem Sofa und schaut auf den Bildschirm des Laptops.

„Hab ich von Helen bekommen. Guck mal, kennst du die?", fragt er, stoppt das Bild und zeigt auf eine auf dem Bildschirm zu sehende Person.

Plötzlich ist Amy hellwach. „Ist das Helen?", staunt sie und setzt sich voller Spannung, weiterhin in die Decke gehüllt, zu Ulf auf das Sofa.

„Ja, das ist Helen", bestätigt Ulf und schluckt. Amy schaut ihn an. „Oh. Erinnerungen werden wach."

Ulf nickt und Amy bemerkt, dass Ulf leicht feuchte Augen bekommen hat. Sie kuschelt sich an ihn. „Was ist das für eine DVD?", will sie wissen.

„Diese DVD ist der absolute Hammer", sagt Ulf. „Ich weiß gar nicht, wo Helen die Aufnahmen von mir und meinen Jungs her hat." Er stellt die Aufnahme zurück auf Anfang.

„Das habe ich schon gesehen. Da wart ihr doch mit eurer Schulklasse in London", stellt Amy fest. „Das hat Ulli, so heißt der glaube ich, an Mama geschickt. Die hat das dann an Helen gemailt. Spul mal vor. Stopp!", weist sie Ulf an.

„Was ist das denn für ’ne Band?", fragt Amy. „Das sind die Shadoks", erklärt Ulf. „Nie gehört", urteilt Amy. „Sind die bekannt?"

„Zumindest einen davon kennst du. Den da", sagt Ulf und zeigt auf den Bildschirm, wo er an seinem Bass zupft und Ollis Gesang begleitet.

„Mach mal auf Stopp!", befiehlt Amy. Dann windet sie sich aus der Decke und schaut mit überraschten Augen zu Ulf. „Das bist du, oder?"

Ulf nickt. „Hey, ich fass es nicht. Mein Opa ist ein Rockstar!" Amy zieht den Laptop zu sich herüber und übernimmt das Schauen und Stoppen der DVD. Wieder taucht die tanzende Helen vor der auf der Bühne spielenden Band auf. „So habt ihr euch also kennengelernt?", fragt Amy. „Ich dachte immer, ihr ward da auf 'ner Klassenfahrt und dann ist es halt mal so in einer Nacht passiert mit euch. Wie, jetzt sagt nicht, ihr ward da richtig zusammen."

„Zumindest die drei Wochen, die wir da nach unserem Kennenlernen noch in dem Club gespielt haben", erklärt Ulf. „Kannste glauben, ich war richtig verknallt. Hab echt gelitten, als wir wieder nach Hause mussten."

„Dann ist Mama ja gar kein One-Night-Stand-Produkt", jubelt Amy und umarmt Ulf. „Weißt du eigentlich, wie wichtig das für mich ist?"

Ulf ist völlig überrascht, während es aus Amy, die ihre Umarmung wieder löst, förmlich heraussprudelt: „Man, ich hab immer gedacht, dass das irgendwie alles gar nicht so das Richtige war mit euch. Scheiße, diese ganzen Tussen da in meiner Schule, die mich immer aufgezogen haben, nur weil meine Mutter unehelich war."

„Wieso war das denn ein Thema bei euch in der Schule?", fragt Ulf, der seine Überraschung immer noch nicht abgelegt hat. „Weiß ich nicht, kann ich dir nicht erklären", sagt Amy. „Aber irgendwie war das früher, als ich noch klein war, immer blöde für mich. Erst, seit wir uns hier regelmäßig treffen ist das für mich auch wie 'ne richtige Familie."

„Na ja, Amy. Das war ja auch alles nicht so einfach. Guck mal, wie alt warst du, als dein Vater verunglückt ist?", versucht Ulf, mit Amy die Vergangenheit aufzuarbeiten.

„Neun", antwortet Amy. „Und gleich danach habe ich dann auch dich kennengelernt."

„Also, gekannt hast du mich vorher auch schon. Aber bis dahin haben wir uns nur hin und wieder, und wenn, dann auch immer nur kurz gesehen", berichtigt Ulf.

„Und warum war das so?" Jetzt will Amy alles ganz genau wissen.

Ulf atmet tief durch. Dann erhebt er sich und holt sich noch ein Bier. „Auch was?", fragt er an der Bar stehend. „Da steht noch meine Cola", sagt Amy, korrigiert sich aber gleich: „Nee, bring mir mal bitte 'n Saft mit." Ulf greift nach einem Apfelsaft und kommt zurück zum Sofa. Dann erzählt er, dass der Vater von Amy mit ihm Probleme hatte.

„Wieso hatte der mit dir Probleme? Das geht doch gar nicht, so wie du bist", kommentiert Amy. Ulf muss, wenn auch gequält, grinsen. „Das liegt auch wieder in der Vergangenheit, Amy. Steven kam aus einer Militärfamilie. Ganz früher sein Opa, aber auch sein Vater und seine Onkel haben in den jeweiligen Kriegen gegen die Deutschen gekämpft, dabei sind zwei seiner Onkel gefallen. Sein Vater ist als Pilot über Deutschland abgeschossen worden und war in Kriegsgefangenschaft. Die waren alle nicht gut auf die Deutschen zu sprechen. Und das habe ich immer wieder zu spüren bekommen. Deswegen haben wir uns auch so selten gesehen."

„Aber zu Helen hast du immer einen guten Draht gehabt, oder?", fragt Amy. „Ja, soweit das möglich war, ja", fährt Ulf fort. „Ich hatte dann auch Glück. Unsere Firma wurde immer größer und wir haben sie dann irgendwann verkauft und dafür eine gute Stange Geld bekommen. Okay, ich muss immer noch arbeiten, aber ich kann auch auf gewisse Reserven zurückgreifen. Das tue ich aber nur, wenn wir uns zum Beispiel hier auf der Insel treffen. Das wird dann alles aus dem Topf bezahlt, den ich damals für uns angelegt habe. Seitdem treffen wir uns immer hier auf Sylt. Seit zehn Jahren."

Amy sitzt zusammengekauert und mit angezogenen Knien auf dem Sofa und nippt an ihrem Saft. „Mir fällt übrigens gerade was ein. Jetzt habe ich die Erklärung."

„Erklärung? Da bin ich aber gespannt", sagt Ulf.

„Ja, Ulf. Jetzt habe ich auch die Erklärung, warum ich nie gern nach England wollte." Ulf sieht, dass Amy überlegt, denn sie schaut zur Decke. Dann erklärt sie: „In England, da gab es ja auch noch 'ne Oma und auch 'n Opa dazu für mich. Die Eltern von Papa eben. Für die war ich aber irgendwie immer nur die „kleine Deutsche". Ich habe da immer eine gewisse Ablehnung gespürt. Deswegen habe ich mich da auch nie wohl gefühlt", gesteht Amy, macht eine lange Gedankenpause, schaut dabei zu Ulf und fügt emotional tief gerührt hinzu: „Mann, Ulf. Solche Gespräche wie unseres hier und jetzt sind schon wichtig, oder?"

„Ja, Amy. Solche Gespräche sind sehr wichtig. Aber die kann man auch nicht einfach anberaumen oder gar terminieren, die müssen sich einfach ergeben", erklärt Ulf der ihre Hockposition aufgebenden Amy, die wieder die Laptoptastatur bedient, um weiter die DVD zu schauen. Irgendwann summt sie sogar mit und bewegt sich zu der Musik, um dann, als die Aufnahme beendet ist, Ulf mit einem „Ich hab dich sehr, sehr lieb" zu umarmen und schließlich „Dizzy, I'm so dizzy, my head is spinnin' …" singend, mit tänzelnden Schritten und in ihre Decke gehüllt, wieder im Schlafzimmer zu verschwinden.

Ulf blickt ihr nach, sitzt dann noch eine ganze Weile auf dem Sofa, bis er schließlich irgendwann den Laptopdeckel herunterklappt, sein Bier austrinkt und schlafen geht.

Belinda schreckt aus dem Schlaf hoch. Es ist vier Uhr morgens. Etwas benommen registriert sie das Klingeln ihres Handys. Es ist eine ihrer Töchter, die anruft und sich sorgt, dass sich Belinda, wie sonst üblich, nicht gemeldet hat. „Sorry, Darling. Aber ich hatte Besuch", entschuldigt sie sich, um ihrer Tochter auf deren Frage hin zu bestätigen, dass es ein Mann war, der sie besucht hat. „Nein, er ist nicht mehr da", antwortet sie auf die nächste Frage der Tochter, um dann mit einem Hinweis auf die Uhrzeit das Gespräch zu beenden und sich wieder hinzulegen.

Am nächsten Morgen fühlt sie sich dann erstmal wie gerädert, als der Handywecker sie auffordert, ihren Frühstückstermin wahrzunehmen. Sie duscht lange und ausgiebig, dann zieht sie sich an und geht ins Hotel, um sich zu Ulf und Amy an den Tisch zu setzen. „Guten Morgen, ihr Lieben", sagt sie und bedauert, dass Amy bei ihrem Essen nicht dabei gewesen ist. Amy entschuldigt sich sofort, stellt dann aber in Aussicht, dass es mit Sicherheit noch einige Gelegenheiten geben wird, wo man sich erneut begegnet.

Sie frühstücken, sich gut gelaunt unterhaltend, in aller Ruhe und besprechen ihre Tagesabläufe. Amy trifft sich am Nachmittag mit Lennart, während Ulf Belinda abholt und sie gemeinsam mit dem Bentley zu Chrischans Party fahren, wo sie mit großem Hallo empfangen werden, Belinda sich aber gleich zu Beginn des Abends einige durchaus spitze Bemerkungen über Ulf anhören muss, die sie etwas beunruhigen. Dies teilt sie Ulf dann schließlich auch mit.

„Belinda, die sind alle zehn, fuffzehn und mehr Jahre miteinander verheiratet und die meisten hier kennen sich in- und auswendig. Da ist doch so 'n ewiger Junggeselle wie ich immer wieder ein Thema. Und wenn der denn auf einmal mit einer, dazu noch sehr interessanten und attraktiven, Frau auftaucht, dann löst das Reaktionen aus. Und da die ganze Truppe absolut nicht auf den Mund gefallen ist, kommen da schon einige Sprüche zusammen", erklärt er. „Aber, die sind alle herzensgut hier", beruhigt er sie und begrüßt den mit ausgestreckter Hand auf sie zukommenden Vater von Chrischan. „Wat macht der Aston, Mister Bond?", fragt Ulf.

„Du alter Schmeichler", entgegnet der und schaut zu Belinda. „Hast ja direkt auch mal 'n Fahrzeug dabei", schmunzelt er mit listigem Blick, reicht ihr, sich galant verbeugend, die Hand und stößt mit seinem Glas gegen die von Belinda und Ulf. „Immer noch Gin Tonic?", fragt Ulf den mit einem überaus scharfen Verstand sowie einem trockenen Humor ausgestatteten, fast achtzigjährigen Mann.

„Jo, dat kann ich am besten ab. Und wenn mal wat daneben geht, gibt das wenigstens keine Flecken. Rotwein trink ich deswegen ja nur noch bei Tisch", erläutert er, geht dicht an Ulf heran und raunt ihm, mit einem weiteren Blick auf Belinda, zu: „Guter Hol, mien Jung. Bleib da mal dran." Dann bindet er auch Belinda wieder in seine Ausführungen ein und spricht lauter: „Weißt du, in meinem Alter machen die Augen mitunter nicht mehr so mit. Aber dafür lernt man, dass man auch mit dem Herzen sehen kann." Er blinzelt ihnen zu und geht wieder seinen Weg, um weitere Gäste zu begrüßen und seinen kurzen Klönschnack zu halten, bis er sich schließlich irgendwann in seine Privatgemächer zurückzieht.

„Der ist ja rührig", urteilt Belinda, schaut Chrischans Vater nach und denkt dabei an ihren eigenen Vater, der, wie sie Ulf erzählt, auch immer so witzige, mitunter zweideutige Sachen erzählt hat. „Da habe ich lange gebraucht, um das zu verstehen", bestätigt sie. „Und jetzt, nach so vielen Jahren in den Staaten, muss ich mich an diesen trockenen Humor auch erst wieder gewöhnen."

„Tja", äußert Ulf und fragt dann: „Weißt du übrigens, was das Allerbeste am Norden ist?"

„Du spielst jetzt auf diese Werbekampagne vom NDR an", entgegnet Belinda. „Die kenne ich, die kann ich auch in Berlin sehen. Ich gucke übrigens viele Sachen aus dem Norden. Das ist wohl noch so drin", gesteht sie und fragt: „Aber was ist denn nun deiner Meinung nach das Beste am Norden?"

„Das Allerbeste am Norden ist, dass es ihn gibt!", antwortet er mit verschmitztem Blick. Belinda schaut ihn lange an und sagt dann nachdenklich nickend: „Mhm. Verstehe."

„Na, philosophiert er schon wieder?", erkundigt sich der zu ihnen tretende Kai, schaut Belinda an und reicht ihr die Hand. „Moin. Ich bin Kai." „Belinda", stellt sie sich vor. „Joa", sagt Kai und fragt ganz direkt: „Dann sind Sie also die, die uns neulich schon mal so ganz vorsichtig, unter Vorbehalt sozusagen, angekündigt wurde?"

„Aha, wann denn?", will Belinda wissen und sieht Ulf an, der Kai zunickt und Belinda erklärt, dass sie sich immer am zweiten Weihnachtstag zum Kartenspiel treffen und er da schon daran gedacht habe, sie, wenn die Party stattfindet, mitzunehmen. Nachdenklich nickend denkt Belinda an ihre an den Weihnachtstagen aufgetretenen Stimmungstiefs und schüttelt den Kopf. Dann atmet sie erleichtert auf, trinkt mit einem Schluck ihr Glas aus und fragt: „Wo kriegen wir denn Nachschub?"

„Bei mir", erklärt Gaby und kommt mit einer Flasche in der Hand zu der Gruppe. „Bei Ulf werde ich doch immer was los", grinst sie und gießt zunächst Belindas Glas voll. „Kein Sprudelwasser mehr", wehrt Ulf ab. „Ich hol mir auch mal so 'n Gin Tonic.

Du entschuldigst mich einen Moment?", fragt er. Belinda nickt ihm zu und lauscht Gabys Ausführungen, die sich als Frau von Peter vorstellt. „Das ist der Dunkelhaarige dahinten", sagt sie und zeigt auf Peter. „Ulf und er spielen an Weihnachten immer Karten zusammen. Schon seit mehr als zwanzig Jahren."

„So, nun muss ich aber erstmal Ulfs Begleitung begrüßen", verkündet Chrischan, der sich auch zu Belinda gesellt und ihr die Hand reicht. „Mein Vadder hat mir ja gerade schon von dir vorgeschwärmt. Da muss ich doch selbst auch mal gucken." Belinda schmunzelt: „Dann sind Sie hier der Gastgeber?"

„Genau!", antwortet Chrischan und bittet Belinda gleichzeitig, sich getränke- und essensmäßig nicht zurück zu halten. „Aber Kellner haben wir hier nicht, da muss jeder selbst für sorgen. Selbstbedienung sozusagen. Außer Gaby ist da. Die kümmert sich immer", erklärt er lächelnd, um dann zu dem an der Getränketheke stehenden, Gin Tonic mixenden, Ulf zu gehen. „Mach mir auch noch einen, bitte", ordert er und stellt Ulf sein Glas hin. Dann legt er ihm die Hand auf die Schulter. „Feine Deern. Die macht 'n guten Eindruck, mein Alter."

„Danke", freut sich Ulf. „Das finde ich auch", pflichtet er Chrischan verschmitzt grinsend bei, mixt die Drinks und reicht ihm sein Glas. „Vielen Dank für die Einladung."

„Du, dafür nicht. Ist ja schon fast 'ne Pflichtveranstaltung. Vor 'n paar Jahren warst du hier sogar mal mit deiner Tochter. Kannst dich erinnern? Und nu hast du 'ne Braut, die so alt ist wie deine Deern. Nicht schlecht", schwärmt Chrischan.

Ulf lächelt. „Du, ich weiß nicht mal, wie alt Belinda überhaupt ist." Er klopft Chrischan auf die Schulter und geht wieder zu Belinda, die sich immer noch mit Gaby unterhält und ihr gerade von ihrem Kennenlernen im Zug berichtet. Ulf lächelt, macht weiter die Runde und unterhält sich mit den verschiedenen Gästen, die ihm alle mehr oder weniger gut bekannt sind.

Die Zeit vergeht wie im Fluge. Um Mitternacht ist Chrischans Vater wieder aufgetaucht und spendiert eine Drei-Liter-Flasche Champagner, die schon fast fünf Jahre im Keller gelegen hat und nun seiner Meinung nach reif ist, für das neue Jahr geopfert zu werden. Belinda bemerkt dann, dass doch einige Gäste sich bereits kurz nach Mitternacht verabschieden. „Sind immer dieselben", raunt Gaby ihr zu. „Und immer sind die Kartenspieler, ihre Frauen und Chrischans Vadder diejenigen, die lange durchhalten. Gut, und die Kinder. Die muss man in so einer Nacht ja auch regelrecht ins Bett scheuchen."

Gegen zwei Uhr wird aber auch Gaby müde und Peter fragt Ulf, ob Belinda und er mit ihnen nach Westerland fahren wollen. „Hast du den ganzen Abend nichts getrunken?", staunt Ulf. Peter reibt sich über seinen doch sehr viel weniger gewordenen Bauch. „Acht Kilo sind weg, vier müssen noch", erklärt er und drängt dann zum Aufbruch. Sie verabschieden sich von den wenigen Gästen und fahren dann gemeinsam nach Westerland, wo Peter Belinda und Ulf am Hotel absetzt und dann weiterfährt.

Im Hotel ist schon alles ruhig. So betreten sie leise die Suite, wo Belinda ihre Arme um Ulfs Hals legt. „Das war meine schönste Silvesterfeier seit vielen Jahren. Vielen, vielen Dank, dass ich dabei sein durfte."

„Noch 'n Gläschen?", fragt Ulf und gibt Belinda mit spitzen Lippen einen flüchtigen Kuss.

„Gern", bestätigt Belinda. Ulf löst sich aus der Umarmung, macht leise Musik an, nimmt aus der Bar eine Flasche Champagner und öffnet sie mit einem lauten Knall.

„Ist schon Neujahr?", hört er plötzlich, dreht sich um, schaut zu Belinda und dann auf die verschlafen vor ihnen stehenden Amy und Lennart. Belinda und Ulf lachen laut auf. „Ja", bestätigt Ulf. „Schon seit drei Stunden. Frohes neues Jahr. Auch 'n Gläschen?"

Während Lennart nickt, reibt sich Amy die Augen. „Ach Scheiße. Wir sind in der Muschel versackt, haben es gerade noch hierher gepackt."

Amy nimmt Lennart an die Hand und schaut zu Ulf. „Schlimm, Opa?"

Ulf wiederholt lächelnd Amys Aussage: „Schlimm, Opa? Jetzt werde ich aufs Altenteil abgeschoben oder wie? Opa hast du zu mir doch noch nie gesagt. Zumindest nicht so offiziell."

Amy geht zu Ulf, nimmt ihn in den Arm und schmiegt sich an ihn. „Aber du bist nun mal mein Opa. Frohes neues Jahr. Und dir auch Belinda."

Ulf lächelt und öffnet den Champagner. „Gut. Dann entscheide ich jetzt. Belinda, vier Gläser bitte. Der Opa gibt noch einen aus. Also, frohes neues Jahr."

Während Belinda Ulf die Gläser hinhält, schenkt dieser ein. Anschließend verteilt Belinda die Gläser und stößt mit Amy und Lennart an. „Prost. Frohes neues Jahr." Ulf stellt die Champagnerflasche wieder in das Kühlfach und stößt ebenfalls mit seinen Gästen an. „Auf ein fröhliches, erfolgreiches, gesundes, mit Liebe gesegnetes neues Jahr", sagt er, trinkt einen kräftigen Schluck und küsst Belinda.

„Wir gehen auch gleich wieder", verkündet Amy mit vielsagendem Blick. „Ihr könnt bleiben", befindet Ulf. „Hier hat doch jeder sein Reich, wo er tun und lassen kann, was er will."

„Sie auch?", fragt Amy.

„Wie, sie auch?", wundert sich Ulf und schaut den Kopf schüttelnd zu Amy. „Du hast eben von *er* gesprochen. Kann *er* tun und lassen, was *er* will. Da hier aber auch zwei weibliche Personen anwesend sind, frage ich, ob das auch für die gilt", wiederholt Amy mit den Augen zwinkernd.

Ulf holt mit einem verstehenden Lächeln auf den Lippen tief Luft. „Nun mach du mir im neuen Jahr noch einen auf Edelemanze", droht er weiterhin schmunzelnd, während Amy sich freut, dass es ihr gelungen ist, Ulf wieder einmal zu foppen.

„Dürfen wir?", fragt Amy dann und fügt auf Ulfs listigen Blick hin ein „… wieder schlafen gehen, meine ich" hinzu.

„Gute Nacht. Und träumt was Schönes", sagt Ulf. Lennart trinkt sein Glas aus, dann auch noch das ihm von Amy gereichte und schließlich gehen die beiden eng umschlungen wieder zurück in Amys Zimmer. Ulf schaut ihnen ganz leicht mit dem Kopf schüttelnd nach. „Warum schüttelst du den Kopf?", erkundigt sich Belinda.

Ulf dreht sich zu ihr. „Amy hat die ganze Zeit in ihrem Zimmer geschlafen. Aber gestern Nacht, als Donna abgereist war, hat sie sich in Donnas Zimmer gelegt und sich, als wir später noch ein wenig geredet haben, sogar in Donnas Decke eingewickelt."

„Und was schließt du daraus?", fragt Belinda. „Ich denke, das hat etwas mit Nähe zu tun. Da die ihr am nächsten stehende Person auf einmal nicht mehr da war, suchte sie trotzdem immer noch ihre Nähe. Und weil mit Sicherheit das Bett noch nach Donna gerochen hat, ist Amy unter deren Decke geschlüpft, um sie ganz einfach irgendwie noch zu spüren."

„Kann gut sein", bestätigt Belinda und fragt: „Und unter welche Decke schlüpfen wir jetzt?" Ulf lächelt, nimmt die Champagnerflasche aus dem Kühlfach und führt Belinda in seinen Schlafraum.

Am Neujahrstag schlafen Belinda und Ulf bis zum Mittag. Während Belinda anschließend in ihr Appartement geht, um ihre Neujahrsmails zu versenden, macht Ulf sich nach Kampen auf, um bei Chrischans traditioneller Neujahrswanderung dabei zu sein. Er schaut durch das Fenster zum Himmel. „Kann ich mitkommen?", hört er plötzlich eine Stimme und dreht sich um. „Ihr geht doch bestimmt wandern, oder?", fragt Amy und fügt hinzu: „Jedenfalls hast du davon mal erzählt."

„Wo ist denn Lennart?", will Ulf wissen. „Der ist schon weg. Ist auch nicht schlimm", sagt Amy in einem Tonfall, der Ulf signalisiert, dass er heute wahrscheinlich wieder einmal psychologische Aufbauarbeit zu leisten hat.

„Frühstück?", fragt er zunächst. „Mhmh, nee", verneint Amy. „Oder vielleicht doch, unterwegs. Ich ziehe mich auch ganz schnell an", verspricht sie, verschwindet in ihrem Zimmer und kommt nach erstaunlich kurzer Zeit dick eingemummelt zurück ins Wohnzimmer. „Meinetwegen können wir sofort los. Mach hin, mein Alter", fordert sie den auf dem Sofa sitzenden Ulf auf, der sich gerade die Schuhe zubindet. „Was 'n mit Belinda? Will die nicht mit?", erkundigt Amy sich. Ulf wirft ihr sein Handy zu. „Ruf sie an. Die Vier drücken."

Amy ruft Belinda an, schafft es aber nicht, sie zu überreden, mit ihnen zu kommen. So machen sich Amy und Ulf, die sich in der Friedrichstraße noch schnell einen Burger und einen Kaffee gönnen, auf den gut anderthalb Stunden dauernden Weg nach Kampen. Dort trinken sie den zur Begrüßung von Chrischans Vadder bereiteten Rumpunsch, um dann mit der dort versammelten Gruppe durch die Heide zu laufen, an der Sturmhaube gemeinsam noch Kaffee zu trinken und anschließend wieder ihre eigenen Wege zu gehen. Ulf und Amy gehen noch mit zu Chrischan, steigen dort wieder in den am Vorabend abgestellten Bentley und fahren zurück nach Westerland.

„Jetzt stell dir mal vor, ich wäre schwanger", fängt Amy urplötzlich an. Ulf verreißt fast das Lenkrad. „Wie bitte?"

„Nee, Quatsch, bin ich nicht. Wir haben ja nicht mal. Deswegen auch der Streit", erklärt Amy. „Aber, was ich sagen will ist … ich meine … wenn ich jetzt mit Lennart … und es wäre passiert … und wir sind jetzt schon wieder auseinander, dann wären wir nicht mal so lange zusammen gewesen wie du damals mit Helen", versucht sie zu erklären.

„Worauf willst du hinaus?", fragt Ulf und lockert, weil ihm bei Amys erster Aussage etwas warm geworden ist, seinen Schal.

„Ach, nee, alles Quatsch. Vergiss es einfach", probiert Amy, das Thema wieder zu beenden, doch Ulf merkt, dass seiner Enkelin etwas unter den Nägeln brennt.

„Komm, komm. Jetzt schweif nicht ab", fordert er.

„Ich musste nur gerade an Mama denken. Ich glaube, die würde gern mehr in eurer Nähe sein", sagt Amy.

„Wie, in eurer Nähe? In wessen Nähe?" Ulf schaut zwischen der Straße und Amy hin und her. „Wenn das jetzt ein längeres, intensives Gespräch wird, dann stelle ich das Auto ab und wir reden", erklärt er forsch.

„Was wird denn mit dir und Belinda?", will Amy wissen.

„Amy! Wir kennen uns gerade mal gut eine Woche. Das wird sich zeigen, was dabei herauskommt", erwidert Ulf und fordert Amy auf, endlich zu sagen, was los ist.

„Ich mache mir Sorgen", sagt Amy. „Um Mama."

Ulf atmet tief durch. „Wir sind gleich am Hotel, Amy. Und dann reden wir in Ruhe, okay?"

„Okay", stimmt Amy zu. Ulf parkt den Wagen, dann gehen sie in die Suite, kochen sich einen Tee und setzen sich an den Wohnzimmertisch. „Was sind denn das für Sorgen?", fragt Ulf.

„Na ja", druckst Amy zunächst herum. „Weißt du, ich werde in diesem Jahr mein Abitur machen. Danach werde ich auf jeden Fall nicht in Düsseldorf bleiben."

„Und wo willst du hin?", erkundigt sich Ulf.

„Das wird sich zeigen", sagt Amy. „Aber, es geht auch nicht um mich, es geht um Mama. Die hat neulich mal so geäußert, dass sie doch eigentlich überall arbeiten könnte. Ihre Kunden kommen aus der ganzen Welt, sie fliegt doch eh dauernd irgendwo hin und knipst. Südafrika, Cote d' Azur, Portugal, Florida, dann wieder Südafrika, weil da so 'n tolles Licht ist, und so weiter."

„Amy, komm zum Punkt", mahnt Ulf.

„Also, Mama würde gern mehr von euch haben. Mit Helen ist das aber schwierig, weil die auch ständig auf Reisen ist. Aber du bist doch an einem festen Ort. In Hamburg. Da könnte Mama doch auch wohnen", stellt Amy fest, als sei es das Selbstverständlichste auf der Welt.

Ulf ist erstaunt. „Jo, könnte sie. Aber will sie das denn?"

„Ich will nur eines, und das ist mir jetzt ganz klar geworden. Ich möchte, dass wir noch näher zusammenrücken", offenbart Amy.

Ich habe nichts dagegen", freut sich Ulf. „Eigentlich, liebe Amy, sollten wir, weil es bei unserem Gespräch vor allen Dingen um Donna geht, sie auch mit einbeziehen. Ich mache mal folgenden Vorschlag. Du konzentrierst dich auf dein Abitur und dann entscheidest du, was du tun willst."

„Ich weiß, was ich will", unterbricht ihn Amy.

„Aha, und was genau? Also mir sind in der letzten Woche von deiner Seite schon mal drei Möglichkeiten zu Ohren gekommen. Mode, Hotellerie, und war da nicht auch noch irgendein Praktikum im Spiel? Oder doch Schauspielerei, wie Helen? Am besten auch gleich in Hollywood. Versuche dir doch in den nächsten Wochen klar zu machen, was nach dem Abitur passieren soll. Ich denke mal, dass du dann von allen Seiten entsprechende Unterstützung bekommen wirst. Und wenn deine Mutter umziehen will, ob nach

Hamburg oder sonst wohin, dann werden wir auch das geregelt bekommen", verspricht Ulf, der bemerkt, dass er doch ziemlich lange geredet hat und deswegen in Anlehnung an eine legendäre Rede ein „Isch habe fertig" hinzufügt.

„Ich glaub, ich werde in Hamburg studieren", äußert Amy und begründet es mit ihren netten Unterhaltungen auf der heutigen Wanderung.

„Gut", urteilt Ulf schmunzelnd. „Dann hol ich im Baumarkt schon mal 'n Gartenhaus. Dann hast du dein eigenes Reich."

Er erhebt sich vom Sofa. „Was ist bei dir mit Essen?"

„Ist mein Abschiedsabend", sagt Amy. „Da darf es ruhig was Besonderes sein."

„Und worauf hast du Appetit?", fragt Ulf.

„Auf 'n dickes Steak", unterrichtet ihn Amy.

„Gut. Und wo?", will Ulf wissen.

„In der Keitumer Landstraße gibt es einen tollen Laden, das Essen soll da richtig lecker sein. Da kriegst du auch deine geliebten Spare-Ribs", wirbt Amy.

„Na dann, auf geht's", sagt Ulf und fragt dann: „Wir beide allein oder wollen wir Belinda fragen, ob sie mitkommt?"

„Ruf an", befiehlt Amy grinsend. „Musst nur die Vier drücken."

Ulf lächelt sie an, telefoniert dann mit Belinda, die ihm erklärt, dass sie immer noch an ihren Mails und SMS arbeite, ihre Töchter, mit denen sie unbedingt auch telefonieren will, noch gar nicht erreicht habe, aber später zumindest auf ein Glas Wein nachkommen wolle.

So machen sich Amy und Ulf allein auf den Weg, teilen sich vorab eine kleine Portion Spare-Ribs, die Ulf aber nicht abknabbert, sondern bei denen er fein säuberlich mit dem Messer das Fleisch vom Knochen trennt, bevor er es isst.

„Kannst nicht mehr so beißen, oder wie?", fragt Amy mit listigem Blick und nagt an ihrem Fleischknochen. „Das wird mir auf die Dauer zu teuer", erklärt Ulf und berichtet von seinem Missgeschick, dass er sich vor Jahren mal beim Knochenabnagen eine Zahnecke abgebrochen habe und er jetzt aufpassen wolle, dass das nicht wieder vorkommt, weil die Restaurierung beim Zahnarzt immer richtig teuer sei. „Das hat auch gar nichts mit dem Alter zu tun, meine Spitzmaus, das kann dir auch passieren", warnt er.

„Nee, passiert mir nicht", antwortet Amy. „Spitzmäuse können nämlich sehr gut nagen." Sie legt ihre Schneidezähne auf die Unterlippe und spielt Ulf so ihre Nagefähigkeiten vor. Dann nimmt sie ihr Colaglas und stößt gegen Ulfs Rotwein. „Prost, mein Alter. Und vielen, vielen Dank. Vor allem für die tollen, tollen Gespräche."

Ulf legt sein Besteck zur Seite und nippt an seinem Glas. „Jetzt wird sie richtig erwachsen", denkt er wehmütig. Er versucht, in ihrem Gesicht die noch vor einem guten halben Jahr vorhandene, fast kindliche Unbekümmertheit wieder zu entdecken. Gedankenverloren stellt er sein Glas ab. „Das ist vorbei", gesteht er sich ein.

Nach den Spare-Rips lassen sie sich ein großes Steak servieren, das sie sich ebenfalls teilen. Ulfs Frage nach einem Nachtisch wird von Amy dann aber vehement zurückgewiesen. „Aber irgendso'n Kräuterschnaps möchte ich trinken", äußert sie zu Ulfs Erstaunen, der im selben Moment überrascht den Signalton seines Handys vernimmt, und dann für Amy hörbar eine Nachricht von Belinda vorträgt. Die besagt, dass Belinda ihre Töchter immer noch nicht erreicht habe und dass sie jetzt auch nicht mehr aus dem Haus möchte, sich aber morgen früh melden werde, um Amy zu verabschieden.

„Meinst du, das wird was mit euch?", fragt Amy nach dem Gespräch, woraufhin Ulf genervt reagiert. „Amy, das Thema hatten wir schon. Ist gut jetzt", antwortet er ziemlich resolut. „Sorry", entschuldigt sich Amy. „Ich finde, wir gehen jetzt. Ich muss die ganzen Eindrücke der letzten Tag auch erst mal verarbeiten."

„Ja, ja, ihr jungen Leute habt es schwer", bemerkt Ulf schmunzelnd, bestellt zwei Kräuterschnäpse und gleichzeitig die Rechnung. Sie trinken den italienischen Bitterschnaps und gehen dann, noch einmal am Strand entlang, zurück zu ihrem Hotel, wo sie sich auch gleich ins Bett begeben.

Als sie am nächsten Tag beim Frühstück sitzen, kommt Belinda zu ihnen und berichtet von ihren dann doch noch stattfindenden, allerdings bis in die späte Nacht hinein dauernden Telefonaten mit ihren Töchtern. Sie merkt an, wie sehr es sie freue, dass sie nicht nur Ulf, sondern, wie sie betont, auch seine überaus reizenden Töchter kennenlernen durfte und sie es doch unbedingt hinbekommen müssten, dass auch ihre Töchter Amy und ihre Familie kennenlernen.

„Mann, Ulf, das wäre doch auch was, dass ich nach dem Abitur vielleicht mal ein Jahr oder so nach Amerika gehe." Listig grinsend schaut Amy zu Ulf und Belinda. Ulf setzt zunächst seinen überraschten Blick auf, dann ruckelt er mal wieder kurz mit dem Oberkörper. „Amy. Erst das Abi. Alles andere entscheiden wir dann." Er blickt auf seine Uhr. „Auf jetzt, sonst geht dein Flieger ohne dich", fordert er sie auf und fragt Belinda: „Du kommst doch mit, oder?"

„Wenn ich darf, gern", antwortet sie. Ulf erhebt sich und holt Amys Gepäck aus der Suite, die sich währenddessen von den anwesenden Mitarbeitern des Hotels verabschiedet und mit Belinda zum Auto geht. „Darf ich dich mal drücken?", fragt Amy die verdutzt guckende Belinda, die dann antwortet: „Ja gern, Amy, gern."

„Pass gut auf meinen Ulf auf", mahnt Amy. „Ich habe den Eindruck, ihr habt euch wirklich verdient."

Belinda lächelt verlegen. Ulf kommt, wuchtet das Gepäck in den Kofferraum und bittet seine Damen, einzusteigen. Sie fahren zum Flughafen, geleiten Amy in die Abflughalle, warten bis sie eingecheckt hat und verabschieden sich. „Ulf, mein Ulf. Das war bisher der mit Abstand beste Aufenthalt hier auf der Insel. Und das mit Amerika mache ich auch nur, wenn ich weiß, dass Mama wieder richtig guter Dinge ist. Tschüss, mein Alter. Ich hab dich lieb." Amy drückt Ulf lange an sich und verabschiedet sich mit einer kurzen Umarmung von Belinda. Anschließend geht sie winkend durch die Sperre und durchquert die Halle, vor welcher bereits der Bus steht, der die Passagiere zu der Maschine bringen soll.

Ulf schluckt, legt dann seinen Arm um Belinda und verlässt mit ihr das Flughafengebäude. „So, Belinda. Die nächsten Tage haben wir nur für uns. Das heißt, am Fünften ist immer unsere Abschiedsfete mit den Jungs. Da kloppen wir noch mal Karten, dann gibt es noch 'n paar Absacker und am nächsten Tag düsen wir dann alle wieder ab."

„Dann habe ich ja noch ein paar Tage hier und kann mich von dem ganzen Stress erholen", spaßt Belinda und denkt an Birgit, die morgen aus Hamburg zurückkommt und dann unbedingt etwas mit ihr unternehmen möchte. „Vielleicht können wir ja auch einen Abend zusammen etwas machen", schlägt sie vor. „Ja, können wir. Ich mach alles mit", antwortet Ulf, fährt dann mit Belinda zurück in die Stadt, setzt sie, da sie ein wenig bummeln möchte, am Parkplatz vor der Spielbank ab und fährt zum Hotel, um dort seinen Umzug von der Suite in ein normales Hotelzimmer vorzubereiten. Er muss allerdings gar nichts tun, denn die Mitarbeiter des Hotels haben bereits alle erforderlichen Dinge für ihn erledigt, sodass er sich zunächst beim Empfangschef des Hotels bedankt und sich dann in den Wellnessbereich begibt, wo er bis zum frühen Abend ausgiebig sauniert, schwimmt und zwischendurch auf einer der Liegen ausgiebig schläft.

Acht entgangene Anrufe zeigt ihm sein Handy an, als er in sein Zimmer zurückkommt und auf das Gerät blickt. Er geht kurz ins Bad, föhnt sich die Haare etwas nach und beginnt dann, die eingegangenen Anrufe zu beantworten. Am Abend trifft er sich mit Belinda und die beiden verbringen die Nacht in seinem Hotelzimmer. Den nächsten Tag und auch den Abend hat er, weil Belinda mit Birgit unterwegs ist, für sich allein.

Belinda verbringt auch den nächsten Tag mit Birgit, da die beiden sich eine Menge zu erzählen haben. Über ihre Kinder, Urlaube und das Berufsleben kommen sie dann irgendwann auf das Thema Liebe zu sprechen, weshalb Belinda Birgit dann mit ziemlicher Begeisterung von ihren Erlebnissen mit Ulf erzählt.

„Den würde ich mir ja auch gern mal näher anschauen", gesteht Birgit und erzählt dann, dass es in „unserem Alter", wie sie es formuliert, ja auch gar nicht so einfach sei, einen entsprechenden Mann zu finden. „Wobei, wenn man die Ansprüche nicht allzu hoch hängt, wird man schon fündig", erklärt sie und fügt mit süffisantem Lächeln hinzu: „Kommt ja auch immer ganz darauf an, wofür man ihn haben will."

„Wir können heute Abend ja zusammen essen gehen. Ich rufe gleich mal an", entscheidet Belinda, die Ulf, der heute eine ausgiebige Wanderung auf der Wattseite der Insel unternimmt, auch gleich erreicht. „Wo bist du denn?", fragt sie. „Bin gleich in Keitum", antwortet er, und Belinda hört, dass er doch etwas außer Atem ist. „Hab Chrischan den Wagen zurückgebracht und laufe nun nach Keitum. Ich habe da neulich 'ne tolle Strickjacke gesehen. Ich glaube, die kauf ich mir", informiert er Belinda über sein Vorhaben, um dann zuzustimmen, den Abend mit ihr und Birgit zu verbringen. „Gut, dann treffen wir uns um 20 Uhr bei der Webchristel", bestimmt Belinda auf Empfehlung von Birgit.

„Webchristel …", wiederholt Ulf lachend. „Belinda. Ich will nicht *stricken*, ich will die Jacke *kaufen*."

„So heißt das Lokal", sagt Belinda und bemerkt sofort, dass sie auf Ulfs Fopperei hereingefallen ist. Doch sie erinnert sich an Birgits Aussage, dass es dort besonders leckeren Entenbraten gebe und kontert sofort: „Kauf du deine Jacke mal lieber ruhig 'ne Nummer größer. Ich glaube, wir bestellen uns da eine fette Ente. Bis nachher."

„Meinetwegen. Das Essen zahlt ihr", sagt Ulf. „Ich übernehme den Wein. Bis nachher." Er marschiert weiter, betritt schließlich den Laden in Keitum, trinkt dort einen von der sehr netten Verkäuferin angebotenen Espresso und kauft sich zielsicher die Jacke. Im Anschluss fährt er dann mit dem Bus zurück nach Westerland.

Birgit und Belinda merken irgendwann, dass sie die Zeit total verquatscht haben. So schaffen sie es nicht mehr, noch einmal nach Hause zu gehen, um sich umzuziehen, sondern eilen stattdessen, um wenigstens noch einigermaßen pünktlich zu sein, direkt aus dem Café in der Friedrichstraße zur Webchristel, wo Ulf schon an einem Tisch sitzt und einen Rotwein trinkt.

„Oh", flüstert Birgit Belinda ins Ohr. „Der Mann hat Geschmack." Sie reicht Ulf die Hand und stellt sich vor: „Guten Abend, ich bin Birgit. Herzlich Willkommen auf der Insel."

„Gleichfalls", antwortet Ulf lächelnd und zeigt mit der Hand, dass die Damen sich doch setzen mögen. „Wieso gleichfalls?", fragt Birgit etwas irritiert.

„Ich glaube, ich habe in diesem Jahr schon mehr Tage auf der Insel verbracht als Sie", vermutet er. „Deswegen könnte ich auch

„Herzlich Willkommen" sagen. Gut, dass tue ich dann hiermit auch. Rotwein?", erkundigt er sich und gießt, ohne eine Antwort abzuwarten, den Wein in die jeweiligen Gläser. „Den müssen Sie probieren. Wenn er Ihnen nicht schmeckt, bestelle ich auch gern einen anderen. Aber ich werde heute Abend auf jeden Fall bei diesem hier bleiben", entscheidet er und schaut gespannt zu Birgit und Belinda, die nun ebenfalls den Wein probieren. „Das meine ich mit Geschmack", erklärt Birgit Belinda. „Also, meinetwegen können wir auch bei dem hier bleiben. Damit meine ich sowohl Sie als auch den Wein", spaßt Birgit weiter.

„Dann machen wir das doch", befindet Ulf, schenkt den Damen Wein nach, gießt sich selbst auch noch ein Glas ein und ordert eine neue Flasche Amarone.

Birgit erklärt der Kellnerin, die sich auch als Chefin des Lokals zu erkennen gibt, dass sie vorhin angerufen und die Ente bestellt haben. „Und die ist auch gleich fertig", verspricht die Chefin. Ulf schaut sich um und beginnt zu lachen. „Warum lachst du?", wundert sich Belinda. „Weil hier fast jeder 'ne Ente auf dem Tisch hat", erklärt er, um dann von Birgit zu erfahren, dass das eine absolute Spezialität des Hauses sei.

Dann wird die ganze Ente an den Tisch gebracht. „Darf ich das für Sie aufteilen?", fragt die Chefin, beginnt sogleich den überaus lecker aussehenden, duftenden, goldbraun zubereiteten Vogel zu zerlegen und ihn dann, sich nach den jeweiligen Wünschen, erkundigend, auf die drei bereitstehenden Teller zu verteilen. Als die drei dann schließlich irgendwann pappsatt und bei der dritten Flasche Wein angekommen sind, nehmen sie ihre Konversation zunächst wieder auf und verlassen das Lokal erst, als es schon beinahe Mitternacht ist. Birgit lässt sich von einem Taxi nach Hause fahren, Ulf und Belinda gehen eng umschlungen ihren gemeinsamen Weg und bleiben heute Nacht in Belindas Appartement.

Am nächsten Tag steht dann für Ulf der Abschiedsabend mit Peter, Chrischan und Kai auf dem Programm. Sie sitzen wieder in ihrer Kneipe in der Friedrichstraße, spielen zunächst ein paar Runden Doppelkopf, dann rufen sie ihre jeweiligen Frauen an und lassen sich abholen. Auch Belinda stößt, nachdem Ulf sie, wie abgesprochen, angerufen hat, zu ihnen.

„Ist mal ganz was Neues für dich, wa?", fragt Peter Ulf und Kai fügt hinzu: „Früher standen ja nur wir unterm Pantoffel, aber jetzt hat es Ulf auch erwischt. Ich glaub aber, du hast das ganz gut getroffen, mien Jung." Dann legt er den Arm um Ulf und stellt fest: „Wat nehm ich denn dich in 'n Arm. Eigentlich müsste ich Belinda knuddeln, dass die das mit so einem wie dir überhaupt schon so lange aushält. Das geht ja schon seit letztem Jahr mit euch beiden."

Petra, die Frau von Kai, drängelt sehr freundlich, aber auch sehr durchsetzungsstark zum Aufbruch, sodass die Männer sich erheben und dann doch, nach einer allerdings noch einmal sehr lange dauernden Verabschiedung, ihre jeweiligen Heimwege antreten. „Bis in Hamburg, Jungs. Und noch mal danke für Silvester und das Auto, Chrischan. Grüß deinen Vadder. Und wenn er den Aston nicht mehr haben will, soll er sich melden."

Ulf legt den Arm um Belinda, geht noch einmal winkend mit ihr die Straße herunter und bleibt auch in dieser Nacht bei ihr. Am nächsten Tag geht er erst am späten Vormittag zurück ins Hotel und verlangt seine Rechnung. Nachdem er ausgiebig geduscht hat, packt er seine Koffer und begleicht an der Rezeption seine Rechnung. Im Anschluss ruft er kurz Belinda an, um ihr mitzuteilen, dass er sich jetzt auf den Weg zum Bahnhof mache.

„Wir fahren Sie selbstverständlich zum Bahnhof, Herr Bernsen", teilt der Empfangschef mit. „Nee, nee, da lauf ich immer. Das hat schon Tradition", lehnt Ulf höflich, aber bestimmt ab und verlässt das Hotel.

Auf dem Weg durch die Friedrichstraße kommt ihm Belinda entgegen und begleitet ihn dann zum Bahnhof, wo sie sich vor dem schon bereitstehenden Zug verabschieden.

„Und wie geht es mit uns weiter?", fragt sie.

„Ja, Belinda, eigentlich habe ich ja schon drei Frauen", sagt Ulf in einem Tonfall, der wie die Zusammenfassung bei einem Businessmeeting klingt und in ihr eine Woge des Zweifels auslöst.

„Das heißt aber nicht, dass es für mich keine Liebe gibt", fügt er hinzu. Er bemerkt ihre Stimmungsänderung, schiebt seine Koffer zusammen und nimmt Belinda in den Arm. „Ich glaube, dass unsere Begegnung der Anfang einer ganz wunderbaren Verbindung ist."

Er schaut sie an und fragt dann: „Hmmh?" Belinda schlägt die Augen nieder und schmiegt sich an ihn. Auch Ulf drückt sie ganz fest an sich und gibt ihr dann einen ganz langen Kuss. Schließlich löst er die Umarmung, nimmt sein Gepäck und begibt sich in das Zugabteil, in dem er erneut einen Platz reserviert hat. Dann bemerkt er, dass sich die Zugfenster nicht öffnen lassen und rennt zurück zum Bahnsteig, auf dem Belinda immer noch wartet. „Ach, übrigens. Wenn du willst, komme ich dich demnächst in Berlin besuchen. Ich muss da sowieso hin, weil, ich da 'ne ganz tolle Freundin hab", bemerkt er verschmitzt lächelnd, gibt ihr noch einmal einen langen Kuss und steigt in den Zug.

Belinda schaut ihm zunächst skeptisch nach, dann reißt sie jubelnd die Arme hoch und winkt dem nun langsam aus dem Bahnhof rollenden Zug nach.

Ulf geht zurück in sein Abteil und macht plötzlich ganz große Augen, denn auf dem von ihm reservierten Platz sitzt eine Frau, die seinen Blick bemerkt. „Oh, sitze ich etwa auf Ihrem Platz? Entschuldigen Sie bitte", sagt sie und will sich erheben. Ulf hebt beide Hände. „Schon gut", beschwichtigt er. „Bleiben Sie da man ruhig sitzen. Ist ja Platz genug hier", befindet er, legt seine Jacke ab, wuchtet den Koffer in die Ablage und verschränkt, sich genüsslich zurücklehnend, lächelnd die Arme. Dann schließt er die Augen.

„Aber, wenn Sie den Platz reserviert haben ...", vernimmt er erneut die Stimme seiner Mitfahrerin, öffnet blitzschnell die Augen, legt seinen Zeigefinger an die Lippen und zeigt mit der anderen Hand auf den, die gleiche Geste zeigenden, Aufkleber an der Abteiltür. Die Dame verstummt, Ulf lehnt sich von Neuem zurück und schließt schmunzelnd die Augen.

Belinda eilt, gut gelaunt, mit schnellen, manchmal tänzelnden Schritten durch die Friedrichstraße in Richtung Meer und fragt sich: „Na, mal sehen, wie hoch die Wellen da sind."

~

Karl Hemeyer

Der in Berlin lebende, in Altluneberg bei Bremerhaven geborene Karl Hemeyer arbeitet seit 1993 als freiberuflicher Berater und Coach und schreibt nach dem Besuch einiger schreibtechnisch orientierter Workshops sowie einem mehrmonatigen Einsatz in einer großen Hollywood-Produktion auch Drehbücher, spielt in Filmen und TV und begeistert mit humorvollen Moderationen, Reden und Vorträgen.